Das Geräusch, als der Stein ins Wasser fiel, setzte eine Flut von Erinnerungen frei.

Ich sah, wie der Stein immer tiefer sank und hob den Nächsten auf. Ich wollte mich weiter erinnern, an die Zeit, als ich gerade die Schule beendet hatte und noch nicht wusste was die Zukunft bringen würde.

Sommer 1977

Damals ging ich an den Rhein, um den Kopf frei zu bekommen und zu überlegen, wie es für mich weiter gehen sollte. Meine Eltern hätten gern gesehen, dass ich etwas Vernünftiges lerne. Aber was war denn vernünftig? Ein Job, der mir monatlich Geld auf das Konto spülte, bei dem ich mich aber langweilte? Ich hatte damals nicht den Schimmer einer Idee, was einmal aus mir werden sollte.

Der Sommer des Jahres 1977 war heiß und lang. Immer wieder suchte ich die kühlen Stellen in den Rheinauen auf, weil ich kein Geld für einen Urlaub in Italien oder Spanien hatte. Mit meinen Eltern in Urlaub zu fahren kam nicht in Frage. Das war etwas für Kinder und zu denen zählte ich mich jetzt nicht mehr. Ich war doch schon siebzehn. Meine Freundinnen waren in alle Winde verweht, obwohl

1

wir uns am letzten Schultag ewige Treue geschworen hatten.

Ich schlenderte am Ufer entlang und warf einen Stein ins Wasser. Ich liebte dieses Geräusch schon damals. Ich versuchte immer weiter zu werfen. Leider war ich eine schlechte Werferin und trotz großer Mühe, warf ich immer wieder in denselben Bereich. Einen Stein wollte ich noch werfen und dann wieder nach Hause gehen. Ich holte aus und schaute verwundert, als der Stein bis zur Mitte des Rheins flog. Das konnte unmöglich sein. Ich drehte mich um und da stand er. Dunkle Haare, braune Augen und ein unverschämtes Lächeln bescherten mir weiche Knie.

„Ich habe gewonnen!" sagte er und deutete mit dem Kopf zu der Stelle, wo sein Stein im Rhein versunken war.

„Ich wüsste nicht, dass ich Dich zu einem Wettkampf eingeladen habe", antwortete ich und musste lachen. Ich drehte mich wieder um und setzte mich im Schneidersitz in den Sand.

„Darf ich mich neben Dich setzen?" fragte der junge Mann, den ich auf Anfang zwanzig schätzte.

„Das ist ein freies Land und das Rheinufer gehört mir nicht allein", sagte ich. Er ließ sich dicht neben mir nieder und ich konnte seinen Atem in meinem Nacken spüren. Ich rückte etwas zur Seite und schaute aufs Wasser. Er machte mich nervös.

„Ich stehe eigentlich nicht auf Blondinen", neckte mich der junge Mann und grinste. „Aber bei Dir mache ich mal eine Ausnahme."

Ich antwortete: „Ich stehe auch nicht auf dunkelhaarige Männer! Ich könnte mich aber herablassen, Dich attraktiv zu finden! Wenn Du mir dann noch sagst wie Du heißt, dann ist mein Glück perfekt!" ärgerte ich ihn.

„Ich heiße Jörg!" sagte er und lächelte so charmant, dass ich nur noch flüsterte: „Ich bin Carina."

Damals trug ich meine langen blonden Haare zu einem dicken Zopf geflochten. Er zog jetzt daran und rückte wieder näher an mich heran. „Deine blauen Augen haben die Farbe des Himmels im Sommer."

Ich war damals schon schlagfertig, aber seine Worte und die Tatsache, dass er mir jetzt tief in die Augen sah, brachten mich aus der Fassung. Ich stammelte: „Lass Dir was Originelleres einfallen. Das haben mir schon viele Männer gesagt!" Ich versuchte meine Unsicherheit zu überspielen.

Jörg stand auf und brummte: „Das macht keinen Spaß mit Dir. Du bist mir zu frech."

Ich schaute zu ihm hoch und wusste nicht, ob er es ernst gemeint hatte, oder mich nur ärgerte. Mit siebzehn hatte ich noch nicht viele Erfahrungen mit Männern gemacht. Ich hatte mit sechzehn für ein paar Wochen einen Freund. Aber mehr als knutschen war nicht gelaufen. Er hatte sich dann eine Andere gesucht. Ich war noch am selben Abend darüber hinweg. Ich war nicht verliebt und eigentlich nur mit ihm zusammen, weil meine Freundinnen mich dazu überredet hatten. Komisch, was man in der Jugend für Dinge tut.

„Ich wünsche Dir noch ein schönes Leben." sagte ich jetzt zu Jörg und rechnete damit, dass er gehen würde. Stattdessen setzte er sich wieder neben mich und legte seinen Arm um mich.

„Carina, Du bist eine schlechte Steine Werferin. Vielleicht kannst Du ja besser küssen!" Er nahm mein Gesicht in beide Hände und ich spürte seine Lippen auf meinen. Ich ließ es geschehen. Es fühlte sich wunderbar an. Die Sonne wärmte mein Gesicht und ich habe mich in diesem Moment in Jörg verliebt. Von diesem Tag an waren wir unzertrennlich.

Meine Eltern waren mit meiner jüngeren Schwester nach Italien gereist. Ich durfte das erste Mal allein zu Hause bleiben und sollte mir überlegen, ob ich weiter zu Schule gehen wollte, oder ich sollte mir einen Ausbildungsplatz suchen.

Eigentlich wollte ich kein Abitur mehr machen. Ich wollte lieber Geld verdienen. Meine Freundinnen hatten alle schon eine Ausbildung begonnen. Sie wollten Friseurin, Erzieherin oder Bankkauffrau werden. Das war mir alles zu spießig. Ich wollte am liebsten zur Polizei. Meine Eltern waren strikt dagegen, weil es damals noch ein reiner Männerberuf war. Eine weitere Alternative wäre Schriftstellerin gewesen. Ich hatte es schon immer geliebt, mir Geschichten auszudenken und sie zu Papier zu bringen. Aber das war für meine Eltern eine brotlose Kunst und kam auch nicht in Frage.

Von dem Tag an, als ich Jörg begegnet war, änderte sich alles. Er war ein sehr sozial engagierter Mensch. Er studierte damals Medizin und wollte später am liebsten als Arzt in Afrika arbeiten. Und ich hatte auf einmal einen Berufswunsch. Ich wollte Krankenschwester werden.

Jörg half mir bei den Bewerbungen. Ich musste noch etwas Zeit überbrücken, bis ich achtzehn wurde. Erst dann konnte ich mit der Ausbildung beginnen.

Meine Eltern waren begeistert, alles war besser als Schriftstellerin oder Polizistin.

Als der Sommer langsam zu Ende ging, waren Jörg und ich uns einig. Wir wollten zusammen ziehen. Er wohnte bis dahin in einer kleinen Studentenbude. Dort trafen wir uns so oft es ging. An einem der letzten sonnigen Tage des Jahres saßen wir auf seinem kleinen Balkon und tranken Cola mit Rum. Das war zu dieser Zeit in. Ich war schläfrig durch die Wärme und den Alkohol. Jörg nahm plötzlich meine Hand und zog mich ins Wohnzimmer. Wir knutschten auf der Couch und ich spürte, dass Jörg mehr wollte. Er war behutsam und ich ließ es geschehen. Es war wundervoll und gar nicht so schrecklich, wie es mir meine Freundinnen berichtet hatten.

Als Jörg mich später mit seinem Motorroller nach Hause gebracht hatte, sagte er: „Ich liebe Dich Carina. Bleib bitte bei mir."

„Du wirst mich nicht mehr los!" sagte ich und küsste ihn zärtlich.

Meine Eltern mochten Jörg sehr. Die Aussicht, dass der zukünftige Schwiegersohn einmal Arzt war, gefiel ihnen sehr.

Sie hatten auch nichts dagegen, dass wir im Jahr darauf eine gemeinsame Wohnung bezogen. Ein paar Wochen später begann meine Ausbildung und schon nach kurzer Zeit wusste ich, dass ich die richtige Wahl getroffen hatte. Leider hatte ich durch meinen Schichtdienst wenig Freizeit. Jörg und ich sahen uns immer seltener. Er hatte das Studium gerade erfolgreich abgeschlossen und schrieb jetzt an seiner Doktorarbeit.

Wir versuchten jede freie Minute zusammen zu sein und ich konnte mir nicht vorstellen, dass uns jemals etwas trennen würde. Bis zu dem Tag, an dem Jörg ein Stellenangebot von einer humanitären Organisation in Kenia bekam. Und sechs Wochen später packte er seine Koffer und verabschiedete sich mit den Worten: „Du kommst nach, wenn Du

Deine Ausbildung abgeschlossen hast. Ich warte auf Dich!" Danach rief er noch einmal aus Kenia an, um mir mitzuteilen, dass er gut angekommen war. Das war das Letzte was ich von ihm gehört habe.

Für mich brach eine Welt zusammen.

Sommer 2007

Und ich bin doch Schriftstellerin geworden. Nach der Ausbildung zur Krankenschwester, heiratete ich einen Arzt, den ich auf meiner Station kennen gelernt hatte.

Wir bekamen zwei Jahre nach der Hochzeit unsere Tochter Pia und ein Jahr später Leon, unseren Sohn. In der Zeit, als ich wegen der Kinder zuhause geblieben war, kaufte mir mein Mann Georg eine Schreibmaschine. Er überredete mich dazu, meinen ersten Roman zu schreiben. Es wurde ein Liebesroman und tatsächlich ein Erfolg. Danach folgten noch weitere, die auch erfolgreich waren. Mein Leben war perfekt.

Und dann bekam Georg vor einem halben Jahr die Diagnose: Krebs.

Es war ein Schock, der uns völlig unvorbereitet traf. Georg hatte Leukämie im Endstadium. Wir setzten unsere letzte Hoffnung in eine Therapie bei einem Spezialisten.

Georg machte den Termin und ich begleitete ihn. Die Sekretärin öffnete uns die Tür zum Behandlungszimmer.

Der Arzt saß mit dem Rücken zu uns am Schreibtisch. Als er sich zu uns umdrehte, um uns zu begrüßen, wurde mir schlecht. Es war Jörg.

Ich erkannte ihn sofort. Er hatte sich kaum verändert. Nur seine Haare waren an den Schläfen etwas grau geworden und er hatte ein paar kleine Fältchen um die Augen bekommen.

Jörg schaute mich ungläubig an. Ich merkte in diesem Augenblick, dass er mich auch erkannt hatte.

Georg brach das Schweigen und sagte: „Danke Herr Kollege, dass Sie sich Zeit für mich nehmen. Ich habe meine Unterlagen mitgebracht. Eigentlich bin ich austherapiert, aber meiner Frau zuliebe habe ich mich entschlossen, mit Ihnen über weitere Therapie Alternativen zu sprechen!"

Jörg hatte sich schneller gefasst als ich und antwortete: „Ich sehe mir gleich alles an. Wir überlegen gemeinsam, was wir noch für Möglichkeiten haben. Möchten Sie einen Kaffee?"

Er rief seine Sekretärin durch die Sprechanlage und bestellte für uns die Getränke. Ich war immer noch nicht in der Lage etwas zu sagen außer: „Ich möchte lieber ein Glas Wasser."

Nachdem unsere Getränke gebracht wurden, setzten wir uns gemeinsam an einen kleinen Besprechungstisch. Jörg nahm direkt neben mir Platz und ich musste an den Moment denken, als er sich am Rhein einfach neben mich gesetzt hatte. Es war, als ob es gestern gewesen war.

Georg und Jörg fachsimpelten in der nächsten Stunde über die alternativen Behandlungsmethoden, die sich Jörg zum Teil bei seiner Tätigkeit in Indien und Sri Lanka erworben hatte. Dorthin hatte es ihn also nach der Arbeit in Kenia verschlagen. Ich hörte mir alles an, aber es drang nur wie durch Watte zu mir.

Irgendwann sagte Georg: „Danke Herr Kollege. Ich sage Ihnen ganz ehrlich, ich bin nicht wirklich überzeugt von den Alternativen. Als Schulmediziner weiß ich, dass es nur der Griff nach dem letzten Strohhalm ist."

Ich schluckte und konnte plötzlich nicht mehr im Raum bleiben. Ich hatte das Gefühl, dass ich keine Luft mehr bekam. Ich stand auf und lief auf den Flur. So nüchtern und schonungslos hatte Georg noch nie mit mir über seine Erkrankung geredet. Ich setzte mich auf einen Stuhl. Mir liefen die Tränen das Gesicht hinunter. Ich konnte mich gar nicht beruhigen. Georg setzte sich ein paar Minuten später neben mich und nahm mich in den Arm.

Zu sagen brauchten wir Beide nichts mehr. Unsere gemeinsame Zeit war begrenzt.

„Was hat Dir Dr. Bischoff für Möglichkeiten genannt? Ich habe nicht alles verstanden." fragte ich nach einer Weile.

„Nach Durchsicht der Krankenakte sind wir Beide zu dem Ergebnis gekommen, dass es für mich keine Alternative mehr gibt. Es ist zu spät. Lass uns die letzten Wochen genießen, solange es noch geht."

Wir mussten noch eine weitere schwere Hürde überwinden und es den Kindern beibringen. Pia und Leon waren schon lange aus dem Haus. Sie konnten es nicht glauben und waren fassungslos.

An einem unser letzten gemeinsamen Abende fragte mich Georg plötzlich: „Du kennst Dr. Bischoff oder irre ich mich? Ich habe es in Deinen Augen gesehen!"

Ich konnte ihn nicht belügen und erzählte ihm alles. Wie Jörg und ich uns kennengelernt hatten und wie er mich sitzen gelassen hatte.

„Das war mein Glück! Dafür bin ich ihm dankbar. Du wirst das anders sehen, aber so hatte ich diese glückliche Zeit mit Dir."

Wir lagen uns nach diesem Gespräch noch lange in den Armen. Eine Woche später ist Georg gestorben.

Am Tag der Beerdigung war ich immer noch in einem Schockzustand. Ich registrierte kaum etwas um mich herum und kann mich auch heute noch kaum an die Zeit danach erinnern.

Die Kinder regelten alles. Ich war dazu nicht in der Lage.

Erst zwei Wochen später, als ich nochmal am Grab war, konnte ich mich richtig von Georg verabschieden. Mit ihm zu reden und endlich richtig zu weinen, war wie eine Erlösung.

Ich wusste nicht, wie ich später dorthin gekommen war, aber ich stand auf einmal am Rheinufer. Hier konnte ich endlich wieder durchatmen.

Ich nahm einen Stein und warf ihn wie früher ins Wasser. Und dann hörte ich das Geräusch, wie ein weiterer Stein neben mir geworfen wurde. Er flog bis zur die Mitte des Rheins. Jörg hatte ihn geworfen.

Er nahm mich in den Arm und sagte: „Ich war in den letzten Tagen oft hier. Ich musste lange warten, bis Du hier auftauchst! Ich wollte Dir sagen, wie leid es mir um Deinen Mann tut. Ich mochte ihn auf Anhieb."

„Danke Jörg. Ich kann es immer noch nicht glauben, dass er nicht mehr da ist."

Jörg drückte meine Hand und antwortete: „Ich würde Dir gern Einiges erklären. Ich habe in den letzten Jahren oft an Dich gedacht. Aber wahrscheinlich ist es zu spät für eine Erklärung und Entschuldigung."

„Es gab mal eine Zeit, da hätte ich alles dafür gegeben, zu wissen warum Du Dich damals nie wieder gemeldet hast. Jetzt habe ich andere Probleme!"

„Ich verstehe Dich Carina! Können wir trotzdem manchmal gemeinsam Steine werfen?"

„Das ist ein freies Land und das Rheinufer gehört mir nicht allein!" sagte ich wie damals und ließ Jörg verwundert stehen.

Ich hatte lange nicht mehr geschrieben. Die Zeit mit Georg war zu kostbar, um weiter an meinem Roman zu arbeiten. Jetzt stürzte ich mich in die Arbeit, um mich abzulenken. Georg hatte mich finanziell gut abgesichert, aber ich hatte ihm versprochen, dass ich weiter schreibe. Er hatte meine Romane immer geliebt und war mein größter Fan.

Ich stand auf, um mir einen Kaffee zu holen. Im Flur fiel mein Blick in den Spiegel. Ich war blass und hatte abgenommen. Meine blonden Haare waren zu lang geworden und ich entschloss mich zum Friseur zu gehen.

Die neue Frisur machte mich um einiges jünger und ich merkte erst jetzt, wie ich mich selbst vernachlässigt hatte. Ich kaufte mir noch ein paar neue Kleidungsstücke, weil mir die alten zu groß geworden waren. Auf dem Weg nach Hause bekam ich Hunger. Ich schaute bei einem Restaurant auf die Speisekarte im Schaukasten.

„Das Essen hier kann ich sehr empfehlen!" hörte ich auf einmal Jörgs Stimme. Er saß in dem kleinen Biergarten, direkt neben dem Eingang zum Restaurant. Er winkte mir zu.

Ich setzte mich neben ihn an den Tisch, nachdem er mich umarmt hatte und auf den freien Stuhl gedeutet hatte.

„Du siehst toll aus. Die Frisur steht Dir wundervoll. Du bist irgendwie immer noch das junge Mädchen, aber andererseits auch eine erwachsene Frau. Ich muss mich erst daran gewöhnen!"

„Ja es ist viel Zeit vergangen seitdem Du damals gegangen bist. Fast 30 Jahre. Ich bin jetzt 47."

„Hast Du Kinder?" wollte Jörg wissen.

„Eine Tochter und einen Sohn. Und Du?" fragte ich.

„Ich war nie verheiratet." antwortete Jörg. „Ich hatte kurz nachdem ich in Kenia angekommen bin, Malaria. Ich war sehr krank damals. Ich hätte es fast nicht überlebt. Deshalb habe ich mich wochenlang nicht melden können. Später habe ich Dir geschrieben, aber nichts mehr von Dir gehört."

„Ich habe keine Briefe bekommen!" sagte ich.

Und dann fiel mir auf einmal ein, warum es so gewesen war. Ich hatte damals schnell die gemeinsame Wohnung gekündigt, weil ich sie allein nicht finanzieren konnte. Ich hatte mir eine andere kleinere Wohnung gesucht. Die Adresse hatte Jörg nicht. Also war die Post nie angekommen.

Jörg bestellte beim Kellner für mich ein Glas Wein und ein Bier für sich. Ich studierte die Speisekarte. Jörg hatte schon gegessen.

„Seit wann bist Du wieder in Deutschland?" fragte ich Jörg.

„Erst seit knapp drei Jahren. Ich hatte noch beruflich in Namibia, dann in Indien und Sri Lanka zu tun. Es war eine wahnsinnig interessante Zeit. Aber auch anstrengend und ohne Möglichkeit für eine längere Bindung. Ich hatte eine Beziehung zu einer deutschen Kollegin, als ich in Namibia war. Aber auch das hielt nur ein paar Monate. Ich habe danach in Asien gearbeitet und sie ist wieder nach Deutschland gegangen."

„Man kann die Zeit nicht zurück drehen. Vielleicht würden wir heute einige Dinge anders machen." sagte ich.

Der Kellner kam an den Tisch und stellte das Glas Wein ab. Das Bierglas reichte er Jörg über den Tisch. Wir tanken einen Schluck. Ich bestellte mir eine Pizza, als der Kellner wieder einmal am Tisch vorbei kam.

„Arbeitest Du noch immer im Elisabeth Krankenhaus?" wollte Jörg wissen.

„Ich arbeite schon sehr lange nicht mehr in diesem Beruf. Ich schreibe seit ein paar Jahren ziemlich erfolgreich." sagte ich und lächelte. „Mein Mann hat mich dazu ermuntert."

„Dann hast Du Dir Deinen Traum verwirklicht! Das freut mich sehr. Darf ich mal etwas von Dir lesen?"

„Wenn Du auf Liebesromane stehst!" lachte ich. „Ich glaube, da sind Dir wahrscheinlich medizinische Fachzeitschriften lieber!"

„Das stimmt nicht! Ich bin doch ein hoffnungsloser Romantiker!" wehrte sich Jörg und zwinkerte mir zu.

„Ich schreibe unter dem Pseudonym Karin Klein!" sagte ich. „Überall im Handel erhältlich!"

„Aus Carina Groß wurde Karin Klein! Nicht schlecht!" antwortete Jörg und prostete mir zu.

Mein Essen kam und Jörg erzählte mir, während ich aß, von seiner Zeit in den verschiedenen Krankenhäusern im Ausland. „Du kannst Dir nicht vorstellen, wie es dort zugeht. Es fehlt an allem. Keine Medikamente, keine Hygiene und vor allem keine qualifizierten Ärzte. Am schlimmsten war Sri Lanka. Für hundert Patienten gab es nur eine Toilette. Die Menschen kamen von überall her und warteten zum Teil den ganzen Tag bis ein Arzt Zeit hatte."

Ich merkte wieder wie wichtig Jörg seine Arbeit war. Er war Arzt mit Leib und Seele. Menschen zu helfen war für ihn das Wichtigste.

„Warum bist Du dann zurückgekommen?" wollte ich wissen.

Jörg schaute mir in die Augen und sagte: „Ich habe mich für so lange Zeit selber aus dem Blick verloren. Ich war an einem Punkt, wo ich nicht mehr konnte. Ich konnte keine Nacht mehr als vier Stunden schlafen. Ständig wurde ich irgendwo gebraucht. Ich bin langsam in eine Depression abgerutscht. Ich musste die Notbremse ziehen."

Ich nickte und wusste selbst aus meiner Zeit als Krankenschwester, wie schwer es war, die Arbeit und die Schicksale der Patienten nicht zu nah an sich heran kommen zu lassen.

„Ich habe Kontakt zu einem früheren Kommilitonen aufgenommen und der hat seine Kontakte spielen lassen. Ich habe dann die Praxis eines Kollegen, der aus Altergründen aufgehört hat, übernommen. Ich habe mich auf alternative Heilmethoden im Rahmen der Krebstherapie spezialisiert."

„Ich war bei dem Termin in Deiner Praxis so überrascht und konnte es gar nicht fassen, dass wir uns auf diesem Wege einmal wieder sehen würden." sagte ich.

Jörg nahm meine Hand und drückte sie.

„Weißt Du eigentlich, dass mein Mann es gemerkt hat, dass wir uns kennen? Vor ihm konnte ich nichts verbergen." sagte ich.

„Ich weiß! Als Du bei dem Termin den Raum verlassen hast, hat er mich darauf angesprochen. Ich habe ihm die Wahrheit gesagt. Und auch, dass ich Dich nie vergessen habe."

Ich schluckte. „Das hat Georg mir nicht gesagt."

Ich hatte auf einmal keinen Hunger mehr. Ich schob den Teller zur Seite und trank den letzten Schluck Wein.

„Ich muss leider los!" sagte jetzt Jörg und winkte dem Kellner. „Ich habe heute Nachmittag noch Sprechstunde. Es ist so schön Dich wieder gefunden zu haben. Können wir uns in Zukunft öfter sehen?"

„Wir werden sehen!" sagte ich und wusste wirklich nicht, ob ich das zurzeit wollte. Ich war noch immer nicht über Georgs Tod hinweg. Und Jörg hatte mich damals zutiefst enttäuscht, auch wenn sich jetzt alles als verhängnisvoller Irrtum herausgestellt hatte.

Jörg stand auf und ging um den Tisch herum, um sich von mir zu verabschieden. Er beugte sich zu mir hinunter und küsste mein Haar.

„Ich glaube ich mag doch Blondinen! Das habe ich erst im Laufe der letzten Jahre gemerkt! Pass auf Dich auf!"

„Ich habe Dich damals auch belogen", antwortete ich. „Ich stand schon immer auf dunkelhaarige Männer!" Ich musste lächeln.

„Ich weiß!" lachte Jörg und winkte mir zu.

Als er gegangen war, blieb ich noch eine Weile in dem Biergarten sitzen. Ich bestellte mir noch ein Glas Wein und entspannte mich das erste Mal seit Wochen. Ich vermisste Georg sehr und konnte mich noch immer nicht an die Stille im Haus gewöhnen. Ich wartete immer noch darauf, dass er die Tür aufschloss und seine Arztasche im Flur abstellte. Es war vielleicht besser das Haus zu verkaufen. Alles erinnerte mich dort an Georg. Es war ohnehin viel zu groß für mich allein. Die Kinder kamen zwar oft zu Besuch, aber das Haus nur deswegen zu halten, machte keinen Sinn. Ich wollte Kontakt zu einem Makler aufnehmen.

Ich bezahlte und nahm meine Einkäufe. Zuhause angekommen setzte ich mich an meinen PC. Schreiben mit der Schreibmaschine hatte ich schon vor Jahren aufgegeben.

Mein neuer Roman spielte auf einem Kreuzfahrtschiff. Ich kam aber nicht weiter. Ich hatte bereits die letzten zwei Kapitel umgeschrieben, weil die ganze Story mir nicht gefallen hatte. Auch heute fiel mir nichts ein. Ich stöhnte und schaltete den Computer wieder aus.

Auf einmal traf mich ein Gedanke wie ein Blitz. Ich schaltete den PC wieder an. Ich öffnete die Datei mit dem begonnenen Roman und löschte alles.

Ich schaute auf die weiße Fläche des Monitors und begann zu schreiben:

Es wurde schon wieder hell, als das Flugzeug in Nairobi landete. Was würde mich hier erwarten? Erst jetzt wurde mir bewusst, dass ich keine Ahnung hatte, auf was ich mich eingelassen hatte. Ich hatte solche romantischen Vorstellungen von meinem Beruf als Arzt in Kenia. Aber Zeit, mich über alles zu informieren hatte ich nicht.

Ich wollte über Jörg und seine Erfahrungen bei seinen verschiedenen Tätigkeiten im Ausland schreiben. Er sollte mir helfen, über diese Zeit zu berichten. Diesmal sollte es aber kein Liebesroman werden.

In der nächsten Zeit kam ich aber nicht dazu, weiter zu schreiben. Ich telefonierte mit den Kindern und fragte sie, ob es ein Problem wäre, das Haus zu verkaufen. Die Beiden waren damit einverstanden.

Pia sagte: „Ich habe mir schon Gedanken gemacht und Angst gehabt, dass Du Dich dort vergräbst. Mach einen Neuanfang. Papa wird immer bei Dir sein, egal wo Du wohnst."

Also rief ich die Maklerin an, die damals den Kauf unseres Hauses begleitet hatte. Sie kam am nächsten Tag mit einem Gutachter und ließ das Haus schätzen. Ich gab alles in ihre Hände. Ich brachte es nicht fertig, Interessenten durch das Haus zu führen.

Ein paar Wochen später rief mich die Maklerin an und teilte mir mit, dass ein junges Paar sehr interessiert war. Die Finanzierungsanfrage war schon gestartet.

Das bedeutete für mich, mir so langsam eine neue Bleibe zu suchen. Ich wollte in eine Wohnung in der City ziehen. Der Stadtrand war zwar idyllisch, aber ich wollte kurze Distanzen zu Theater, Kino oder Restaurants.

Nach einigen Besichtigungen war ich frustriert. Bei keiner der Wohnungen hatte ich das Gefühl, dass ich mich dort wohl fühlen könnte. Am Nachmittag wollte mir die Maklerin eine letzte Wohnung zeigen, die meinen Vorstellungen entsprechen sollte. Ich war pessimistisch. Vielleicht sollte ich doch in dem Haus wohnen bleiben.

Die Maklerin wartete auf mich vor einem unscheinbaren Haus. Mir schwante nichts Gutes als ich sie begrüßte.

„Lassen Sie sich überraschen!" sagte sie und ging voraus. „Der Eingang ist im Hinterhaus. Sie erreichen ihn durch den Hof."

Der Hof war ein Traum. Alles war von wildem Wein bewachsen und überall standen große Töpfe mit Pflanzen. Eine Bank zum Verweilen stand in der Mitte des Hofes. Es hatte etwas von einem verwunschenen Ort. Der Eingang zu meiner Wohnung lag im hinteren Bereich. Über eine kleine Treppe kam man in einen großen Wohnbereich mit offener Küche. Daran schloss sich eine wunderschöne Terrasse an. Über ein paar Stufen erreichte man die zweite Ebene der Wohnung mit Schlafzimmer, Bad und Gästezimmer.

„Wann kann ich hier einziehen?" fragte ich, denn ich war mir sicher, dass ich diese Wohnung wollte.

Vier Wochen später war das Haus verkauft und ich war in die neue Wohnung gezogen. Bei der Schlüsselübergabe, an die neuen Eigentümer des Hauses, kamen mir die Tränen. Ich verabschiedete mich schnell und fuhr an den Rhein. Es war Zeit, wieder ein paar Steine zu werfen.

Erst jetzt hatte ich wieder Zeit mich meinem Buchprojekt zu widmen. Ich hatte nur die Telefonnummer von Jörgs Praxis. Dort rief ich ein paar Tage später an. Seine Sekretärin stellte mich nach kurzer Zeit durch. Ich hörte, wie erstaunt Jörg war, als er fragte: „Ist etwas passiert? Ich kann es kaum fassen, dass Du Dich meldest!"

„Ich brauche tatsächlich Deine Hilfe", sagte ich. „Aber das möchte ich Dir nicht am Telefon sagen. Hättest Du irgendwann einmal Zeit für mich?"

„Ich habe immer Zeit für Dich. Sag einfach, wann wir uns treffen sollen!" antwortete Jörg.

„Freitagabend um acht?" machte ich den Vorschlag. „Ich erkläre Dir dann um was es geht."

Jörg sagte sofort zu und wir verabschiedeten uns, nachdem ich ihm meine Adresse gegeben hatte. Ich wollte etwas für uns kochen.

Freitag ging ich einkaufen und bereitete schon ein paar Kleinigkeiten vor. Ich deckte den Tisch auf der Terrasse.

Jörg klingelte pünktlich um acht und hatte mir einen Strauß Blumen mitgebracht. Jedes Mal wenn ich ihn sah, musste ich daran denken, wie schnell die letzten Jahre vergangen waren. Wie jung wir damals waren und wie verliebt. Auch heute hatte ich in seiner Nähe immer noch Schmetterlinge im Bauch. Nur das Vertrauen war nicht mehr da. Das hatte er verspielt. Egal wie es damals wirklich war.

Ich holte den Weißwein aus dem Kühlschrank und Jörg nahm mir die Gläser ab. Wir setzten uns auf die Terrasse und prosteten uns zu. Eine Zeit lang schwiegen wir. Jörg drehte sich zu mir und fragte: „Warum bin ich heute hier?"

„Ich brauche Deine Hilfe bei meinem neuen Roman!" sagte ich und lächelte ihn an. „Ich möchte gern über Dich und Deine Erlebnisse als Arzt in den Entwicklungsländern schreiben! Ich glaube, dass auch Du davon profitieren wirst. Du kannst alles noch einmal verarbeiten. Ich möchte aber, dass Du mir ehrlich sagst, wenn Du es für keine gute Idee hältst!"

Jörg sagte lange nichts. Dann atmete er tief und antwortete: „Ich hatte gehofft, dass Du mich sehen wolltest, weil ich Dir immer noch etwas bedeute und Dir fehle. Ich bin etwas enttäuscht. Die Idee, mein Leben und meine Erfahrungen in einem Buch niederzuschreiben, finde ich allerdings großartig!"

Er sah mich mit seinen dunklen Augen an. In diesem Moment war er mir wieder so vertraut wie früher. Ich sah uns Hand in Hand am Rheinufer spazieren gehen und spürte sogar den Wind und die Sonne auf meinem Gesicht.

Ich stand schnell auf, weil mich meine starken Gefühle unsicher machten.

„Ich koche uns jetzt etwas Schönes. Hast Du Hunger?" fragte ich.

Jörg lachte und sagte: „Ich hoffe Du kannst heute mehr kochen als Rührei und Nudeln mit Ketchup.

Mehr konntest Du damals nicht unfallfrei auf den Tisch zaubern."

Ich musste laut lachen, als ich an meine Kochkünste in den 70ern erinnert wurde. Mittlerweile war das Kochen eines meiner Hobbies geworden. Schon für die Kinder hatte ich mir immer etwas Gesundes und Leckeres ausgedacht.

„Ich mache uns eine Dorade im Kartoffelmantel mit mediterranen Gemüse. Ist das okay für Dich?" fragte ich und holte den Fisch aus dem Kühlschrank.

Jörg hob erstaunt die Augenbrauen und pfiff anerkennend.

„Du erstaunst mich immer wieder. Eine Schriftstellerin und Meisterköchin ist also aus Dir geworden. Ich habe verdammt viel verpasst die letzten Jahre. Warum bin ich nicht früher zurückgekommen?"

„Es macht keinen Sinn sich darüber Gedanken zu machen. Ich war verheiratet und ich habe meinen Mann sehr geliebt. Ich war glücklich!" antwortete ich.

Ich merkte wie Jörg näher kam und ich spürte seinen Atem im Nacken. Ich wagte es nicht mich umzudrehen. Er küsste mich in den Nacken und ich bekam eine Gänsehaut.

„Bitte mach es mir nicht so schwer Jörg. Ich bin noch nicht bereit dafür. Lass mir Zeit!"

Jetzt drehte ich mich doch um und Jörg antwortete leise: „Ich habe so lange nicht gewusst was mir fehlt. Jetzt ist alles so klar. Der Beruf ist nicht alles im Leben!"

Ich schloss die Augen. Als ich sie wieder öffnete, hatte Jörg sein Glas genommen und ging wieder auf die Terrasse.

Ich bereitete den Fisch zu und schnitt das Gemüse klein. Danach hatte ich etwas Zeit und setzte mich zu Jörg nach draußen.

Wir hingen Beide unseren Gedanken nach. Immer wieder hatte ich das Gefühl, dass die Zeit stehen geblieben ist. Die letzten dreißig Jahre lagen nur noch in weiter Ferne und die Erinnerung an die Zeit davor machte sich breit.

Damals saßen wir oft auf dem Balkon von Jörgs Appartement und machten Pläne. Wir wollten reisen, erfolgreich im Job sein und vor allem wollten wir für immer zusammen bleiben. Sogar über Kinder hatten wir gesprochen. Wir waren so verliebt. Seit dem Tag, an dem wir das erste Mal zusammen geschlafen hatten, liebten wir uns fast jede Nacht. Jörg machte mir immer wieder kleine Geschenke. Er brachte mir selbstgepflückte Blumen und einmal sogar einen herzförmigen Stein vom Rheinufer mit.

Oft war es so, als ob wir gegenseitig unsere Gedanken lesen konnten.

Als ich mich zu Jörg drehte, bemerkte ich, dass er mich die ganze Zeit beobachtet hatte. Er nahm meine Hand, die auf der Stuhllehne lag und drückte sie.

„Hast Du auch gerade an die Zeit gedacht, als wir Zukunftspläne geschmiedet haben?" fragte er und hatte sein unwiderstehliches Lächeln im Gesicht.

„Wir hatten so viele verrückte Ideen. Wenn wir das alles umgesetzt hätten, wären wir wahrscheinlich im Gefängnis gelandet", antwortete ich

Ich musste lachen, denn damals waren wir in einer Gruppe, die Hausbesetzungen organisierte. Früher war bezahlbarer Wohnraum auch schon knapp. Wir gingen auch für den Tierschutz und Menschenrechte auf die Straße. Ich erinnere mich noch gut daran, dass wir überall die Aufkleber

Atomkraft, nein danke kleben hatten.

Jörg grinste und sagte: „Das war schon eine aufregende Zeit!"

Ich stand auf und ging in die Küche um nach meinem Fisch zu sehen. Er war fertig und sah lecker aus. Ich nahm die Teller aus dem Schrank und verteilte das Essen darauf. Jörg schenkte uns noch ein Glas Wein ein und wir trugen alles auf die Terrasse.

Wir aßen und lachten viel. Es war wie früher.

Aber ich wartete immer darauf, dass Georg plötzlich auf die Terrasse kam und fragte: „Bekomme ich auch ein Glas Wein?"

Ich hatte ein schlechtes Gewissen, dass ich wieder lachen konnte.

Später am Abend brachten wir das Geschirr zurück in die Küche und ich holte mein Notizbuch.

„Jetzt wird es ernst!" meinte ich und tippte Jörg mit dem Stift gegen die Brust. „Ich kann es kaum erwarten Deine Erlebnisse aufzuschreiben. Ich weiß, Du hast viel zu erzählen und ich glaube, dass ich die Richtige bin, der Du es anvertrauen kannst. Außerdem bin ich neugierig!" gab ich lachend zu.

„Wo soll ich denn anfangen?" fragte Jörg. Ich habe keine Ahnung, was für einen Leser interessant sein könnte!"

„Du brauchst keine Reihenfolge einhalten. Ich sortiere es später." ermunterte ich Jörg.

Ich setzte mich bequem zurück und wollte mir erst einmal ein paar Notizen machen.

Und dann sagte Jörg: „Der aufregendste Moment war für mich, als ich in Nairobi aus dem Flugzeug stieg. Eine unheimliche Hitze empfing mich und ich hätte mein Hemd auswringen können, so habe ich geschwitzt. Nachdem ich mein Gepäck geholt hatte, ging ich zum Ausgang. Dort stand ein junger Afrikaner, der sich als Wilson vorstellte. Er war geschickt worden, um mich abzuholen. Schon nach fünf Minuten Fahrt war ich eingeschlafen und bin erst wieder aufgewacht, als wir vor dem Hospital angekommen sind."

Ich schaute auf und sagte: „Das kann ich mir vorstellen. Das war sicher ein Kulturschock."

„Ich kann es bis heute nicht fassen, was dort für Zustände herrschten. Trotz ein paar Recherchen im Vorfeld, bist Du auf so etwas nicht vorbereitet. In den 70ern herrschten dort katastrophale Bedingungen."

Jörg erzählte immer weiter und redete sich richtig in Rage. Ich freute mich, denn ich hatte schon vermutet, dass er diese Zeit verarbeiten musste und es vor allem Jemanden erzählen wollte. Ich hatte die richtige Idee gehabt und ließ ihn einfach immer weiter reden. Ich schrieb längst nicht alles auf. Für Details würde es später noch genügend Zeit geben.

Als ich wieder auf die Uhr schaute, waren schon drei Stunden vergangen und es war weit nach Mitternacht.

„Ich glaube für heute haben wir genug Informationen gesammelt" sagte ich müde. „Lass uns ein anderes Mal weitermachen. Sag mir einfach

Bescheid, wann Du wieder Zeit hast und wir uns treffen können."

Jörg nickte und stand langsam auf. „Du hast Recht es ist schon sehr spät geworden."

Ich brachte ihn bis zur Tür und wir drückten uns zum Abschied. Ein wohliges Gefühl durchströmte mich und ich konnte nur noch „Gute Nacht Jörg" sagen.

Als ich die Tür hinter mir geschlossen hatte, merkte ich, wie aufgewühlt ich von dem Abend war. Schlafen konnte ich noch nicht, obwohl ich todmüde war.

Mit einem Glas Wasser und meinen Notizen setzte ich mich nochmal auf die Terrasse. Es war kühl geworden und ich holte mir eine Decke aus dem Wohnzimmer. Ich las mir alles durch und konnte mich in jede einzelne Situation hineinversetzen. Jörg hatte alles wunderbar beschrieben. Wenn das so weiterging, war das Buch schnell geschrieben. Aber wollte ich das? Dann gab es erstmal keinen Grund mehr für weitere Treffen.

Am nächsten Morgen klingelte ganz früh das Telefon. Es war Bettina, meine Ansprechpartnerin vom Verlag. Sie fiel gleich mit der Tür ins Haus: „Carina, der Chef wird langsam ungeduldig. Wie weit bist Du mit dem neuen Roman?"

Ich lag noch im Bett und sagte müde: „Es gibt eine Änderung. Der Roman muss warten. Ich habe eine Idee für ein ganz anderes Konzept und muss mal mit Stefan sprechen. Der Chef wird begeistert sein."

Stefan Schröder war der Chef des Verlages und eigentlich immer im Stress. Ständig trieb er seine Autoren an. Ich ließ mich von ihm nicht unter Druck setzen. Ich war finanziell versorgt und schrieb jetzt nur noch, weil es mir Spaß machte.

„Ich rufe Stefan am Montag an. Wie Du weißt ist Wochenende und ich liege noch im Bett!" sagte ich.

„Sorry Carina, ich sag dem Boss Bescheid. Kannst Du schon andeuten, um was es in dem neuen Buch geht?"

„Das möchte ich noch nicht. Ich muss erst noch mit Jemanden sprechen, der mich mit dem Buch unterstützt. Am Montag werde ich euch informieren."

Nach dem Frühstück setzte ich mich an den PC und versuchte die Ereignisse aus Jörgs Bericht in die richtige Reihenfolge zu bringen. Sollte ich es als Roman verfassen oder lieber als Erfahrungsbericht? Das Konzept war noch nicht klar. Ich wollte Jörg, fragen, wie es ihm lieber ist.

Gegen zehn Uhr rief ich ihn an. Er hatte mir am Vorabend seine Handynummer gegeben. Er war nicht zu erreichen. Also ich sprach ihm auf die Mailbox, dass er mich zurückrufen soll.

Der Samstag war schon immer mein Tag der Erholung gewesen. Georg und ich gingen oft auf den Markt zum Einkaufen und danach in unser Lieblingsrestaurant. Der Abend war dann für Kunst oder Kino vorgesehen. Diese Tradition wollte ich beibehalten. Ich nahm meinen Einkaufskorb und fuhr mit dem Fahrrad zum Wochenmarkt. Da ich jetzt dicht am Zentrum wohnte, war das Auto schon fast überflüssig.

Ich schlenderte an den Verkaufsständen vorbei und kaufte frisches Obst und Gemüse. Ich nahm mir auch einen Strauß Blumen mit. Ich fühlte mich seit langem wieder ausgeglichen. Die letzten Wochen war ich kaum vor die Tür gegangen.

„Hallo Carina!" hörte ich plötzlich eine Stimme. Es war Steffi, eine frühere Nachbarin.

„Mein herzliches Beileid. Es tut mir so leid!" sagte sie und drückte mich. Ich war so traurig, dass wir nicht zur Beerdigung kommen konnten. Hast Du Zeit für einen Kaffee?"

Ich war mit den Einkäufen fertig und nickte.

„Ja gern!"

Wir gingen in ein Café in der Nähe des Marktes und setzten uns an einen kleinen Tisch am Fenster. Nachdem der Kellner uns zwei Cappuccino gebracht hatte, fragte mich Steffi: „Wie geht es Dir denn? Fühlst Du Dich wohl in Deiner neuen Wohnung? Ich vermisse Dich als Nachbarin.

Das Pärchen, das jetzt in eurem Haus wohnt, will anscheinend keinen Nachbarschaftskontakt."

„Mir geht es ganz gut. Natürlich vermisse ich Georg jeden Tag. Aber er hätte nicht gewollte, dass ich mich zuhause verstecke. Ich versuche gerade mein Schneckenhaus zu verlassen."

Steffi trank einen Schluck Kaffee und nickte zustimmend. „Da hast Du Recht. Du bist viel zu jung, um allein zu bleiben. Geh unter Menschen. Das tut Dir gut! Du kannst auch gern zu uns kommen, wenn Dir die Decke auf den Kopf fällt. Du weißt ja wo wir wohnen!" sagte sie und lachte.

Wir saßen noch eine ganze Weile zusammen als mein Handy klingelte. Es war Jörg.

„Hallo Carina, Du wolltest mich sprechen?" sagte er.

„Ich habe noch ein paar Fragen zu dem Buch, die ich mit Dir besprechen möchte. Ich suche noch nach dem geeignetem Konzept. Da müsstest Du mir helfen."

„Ich könnte morgen zu Dir kommen oder wir treffen uns bei mir! Ab nächste Woche wird es dann wieder schwieriger. Ich muss zu einer Fortbildung nach Düsseldorf. Ich bin dort der Dozent. Also kann ich nicht schwänzen!" Jörg lachte laut.

„Morgen wäre gut. Was ist Dir lieber, bei Dir oder mir?" fragte ich.

„Wie wäre es, wenn ich morgen für Dich koche? Hab keine zu großen Erwartungen, aber Du wirst bestimmt satt", antwortete Jörg.

„Schreib mir nachher nochmal Deine Adresse per SMS. Ich komme dann um 14 Uhr. Ist das o.k.?"

„Na klar. Ich freue mich. Bis morgen!" sagte Jörg und legte auf.

Steffi schaute mich fragend an. „Neuer Roman oder neuer Mann?" wollte sie wissen.

Ich erzählte ihr, dass ich Jörg schon von früher kannte und dass ich ein Buch über seine Tätigkeit als Arzt schreiben wollte.

Steffi nickte und winkte dem Kellner. Sie bezahlte die Rechnung und sagte zum Abschied: „Bis hoffentlich bald mal wieder. Melde Dich einfach. Das sage ich nicht nur so daher, ich würde mich wirklich freuen!"

„Gern Steffi. Ich rufe Dich an. Schönes Wochenende und Grüße an Michael."

Ich brachte die Einkäufe nach Hause und zog mich um. Es war ein heißer Tag und ich entschied mich an den Rhein zu radeln. Dort angekommen stellte ich das Rad an einer Laterne ab und ging hinunter zum Ufer. Es waren viele Leute dort, die sich sonnten und an der geeigneten Stelle auch ins Wasser gingen. Ich zog meine Sandaletten aus und ging ins seichte Wasser, das richtig warm war. Die Sonne schien mir ins Gesicht und der Wind zerzauste mein Haar. Und plötzlich musste ich weinen. Ich setzte mich in den Schatten einer Weide und ließ den Tränen freien Lauf. Nach einer Weile hatte ich mich wieder gefangen und eine unglaubliche Ruhe erfasste mich. Ich entschloss mich, die Kinder für das nächste Wochenende einzuladen, wenn sie Zeit hätten. Ich wollte eine kleine Einweihungsfeier in der neuen Wohnung machen. Vielleicht konnten wir nach Absprache mit den Nachbarn den Innenhof dazu nutzen. Das wäre der ideale Ort.

Ich bekam Hunger und radelte etwas am Rhein entlang bis zu einem Hausboot, dass auch ein Restaurant besaß.

Ich bestellte einen Salat mit Scampi und ein Glas Wein. Meine Gedanken kreisten um das neue Buch und um Jörg. Vielleicht hätte ich damals intensiver versuchen sollen ihn zu finden. Aber ich war zutiefst enttäuscht und wollte ihm nicht hinterher laufen. Ich hatte danach eine kurze Affäre mit einem verheirateten Mann. Ich hatte ihn bei der Wohnungssuche kennengelernt. Er war mein damaliger Vermieter. Es ging ein paar Monate gut, dann waren ihm unsere heimlichen Treffen zu gefährlich geworden. Seine Frau fing an Fragen zu stellen und ihn zu kontrollieren. Natürlich ahnte sie etwas.

Danach war ich ein paar Monate allein bis ich Georg kennenlernte. Er war unser Stationsarzt und ich mochte ihn auf Anhieb. Er war so ausgeglichen und hatte immer guter Laune.

Meine Kolleginnen waren alle begeistert von ihm und flirteten bei jeder Gelegenheit. Ich wollte aber nicht wieder einen Arzt als neuen Partner. Ich hatte nach der Enttäuschung mit Jörg keine Lust auf eine Wiederholung. Georg erzählte uns gegenüber nicht viel über sein Privatleben. Er ging auch auf keinen Flirtversuch ein. Wir nahmen an, dass er entweder verheiratet oder schwul war.

An einem Abend kurz vor Weihnachten hatten wir einen Notfall auf der Station. Ein Patient verstarb an den Folgen eines Schlaganfalls. Es war der erste Todesfall, den ich im Krankenhaus miterleben musste. Ich saß im Schwesternzimmer und weinte. Georg tröstete mich und nahm mich in den Arm. In diesem Moment hatte ich mich verliebt. Ein paar Tage später gab es eine Weihnachtsfeier auf der Station und Georg brachte mich danach nach Hause.

„Kommst Du noch mit zu mir? Ich habe noch eine Flasche Sekt im Kühlschrank!" fragte ich ihn. Er nahm ganz einfach meine Hand und ging mit in meine Wohnung. Er blieb über Nacht und dann wie selbstverständlich in meinem Leben. Es war alles so einfach und unkompliziert mit ihm.

Im Jahr darauf war meine Ausbildung beendet und an meinem 21. Geburtstag haben wir geheiratet. Georg war damals schon 31.

Nach der Geburt von Pia blieb ich dann Zuhause und genoss die Zeit mit den Kindern. Kurze Zeit später kam dann auch schon Leon zur Welt.

Ich musste lächeln, als ich daran dachte, wie Pia ihren Bruder verwöhnt hatte. Sie war eine so stolze große Schwester. Leon dagegen war schon immer ein kleiner Macho, der sich gern verwöhnen und bedienen ließ. Wir haben uns oft darüber lustig gemacht, dass er sich, als er schon lange laufen konnte, mit dem Buggy bis vor die Tür des Kindergartens chauffieren ließ.

Pia lebte jetzt mit ihrem Freund Mike am Niederrhein und Leon ganz in meiner Nähe. Er hatte jeden Monat eine neue Freundin und genoss nach wie vor das Leben.

Ich schrieb Ihnen jetzt eine Nachricht von meinem Vorhaben mit der Einweihungsfeier. Ich freute mich schon auf die Beiden.

Nachdem ich aufgegessen hatte, bezahlte ich und fuhr mit dem Rad wieder nach Hause um weiter an dem Entwurf für das Buch zu arbeiten.

Je mehr ich mir die Aufzeichnungen durchlas, umso mehr wurde mir bewusst, was Jörg in der Zeit in Kenia auf sich genommen hatte. Er war schon im ersten Monat an Malaria erkrankt. Die Impfungen, die er in Deutschland bekommen hatte, waren anscheinend nicht angeschlagen. Medikamente gab es damals in dem Hospital nicht ausreichend, weder für Ärzte noch Patienten. Er hatte wochenlang hohes Fieber und man machte sich Sorgen, ob er diesen schweren Malariaanfall überleben würde. Einen Rückflug nach Deutschland hätte er nicht überstanden. Er wurde, als es ihm etwas besser ging, nach Nairobi in das Hauptstadt Hospital gebracht. Erst dort wurde er langsam wieder gesund.

Das hatte ich alles nicht geahnt. Damals gab es weder Internet noch Handy. Selbst eine stabile Telefonverbindung gab es nur von der Hauptstadt aus. Wie einfach war das Leben doch in den letzten Jahren geworden.

Ich wollte mir einen Stift aus der Schreibtischschublade holen. Er war ganz nach hinten gerollt und ich griff dabei etwas Rundes und Hartes. Es war der Herz-Stein vom Rhein, den Jörg mir damals geschenkt hatte. Ich hatte es nicht fertig gebracht ihn wegzuwerfen. Hier war er also gelandet.

Es war schon spät geworden und ich wurde langsam müde. Ich schaute nochmal nach, ob sich die Kinder gemeldet hatten. Aber weder bei den Emails noch als Nachricht auf dem Handy war etwas angekommen. Ich kannte das schon. Erst einmal berieten die Beiden, wie sie am besten planen konnten, ohne ihre eigenen Termine zu vernachlässigen. Irgendwann stehen die Eltern eben nicht mehr an erster Stelle.

Ich setze mich noch einmal auf meine Terrasse und schaute in den Himmel. Ich war in Europa schon fast überall gewesen, aber dieses Wagnis, das Jörg unternommen hatte, bewunderte ich schon sehr. Ich hatte immer ein bisschen Angst vor dem Unbekannten. Die Tatsache, für sehr lange Zeit im Ausland zu bleiben, hätte mich große Überwindung gekostet. Aber Jörg zuliebe wäre ich ihm damals nach Kenia gefolgt.

Ich trank mein Glas leer und ging ins Bett. Morgen würde ich weitere spannende Dinge von Jörg hören und ich freute mich auf ihn.

Nach dem Frühstück setzte ich mich wieder an den PC um meine Mails zu checken. Der Verlag hatte geschrieben, dass sie um eine Terminabsprache wegen des neuen Projektes baten. Pia hat zugesagt zur Einweihungsfeier zu kommen und Leon hatte geschrieben, dass er einen Termin verschieben müsste. Er wollte aber auch kommen. Außerdem hatte Jörg mir per Mail seine Adresse geschickt und im Dateianhang ein Foto von uns, aus der Zeit als wir uns kennen gelernt hatten.

Ich hatte ein Maxikleid im Flower Power Look an und Jörg eine Jeans mit Schlag. Die Mode der 70er war nach wie vor gewöhnungsbedürftig. Damals waren wir topmodern gekleidet. Ich musste lachen, als ich das Foto sah. Es war eine sehr schöne Idee, das Foto zu schicken. Ich hatte leider kaum Erinnerungen an diese Zeit. Die Fotos hatte immer Jörg mit seiner alten Kamera gemacht.

Kurz vor 14 Uhr stieg ich ins Auto und machte mich auf den Weg. Jörg wohnte am anderen Ende der Stadt in einem Villenviertel. Als ich in die Straße einbog, pfiff ich leise vor Verwunderung. Jemanden, der so sozial eingestellt war, konnte ich mir kaum in so einer Luxusvilla vorstellen.

Nachdem ich das Auto geparkt hatte, suchte ich noch einmal nach der genauen Adresse. Man hatte es hier anscheinend nicht nötig seinen Namen am Klingelschild anzubringen. Ich schaute mich etwas verwirrt um. Da hörte auf einmal Jörg rufen: „Hier bin ich, dreh Dich mal um!"

Ich schaute ungläubig auf das wunderschöne Gebäude mit riesigem Garten und altem Baumbestand.

„Hier wohnst Du?" fragte ich staunend.

Jörg grinste und umarmte mich. Er zog mich Richtung Eingang. Ich rieb mir auch drinnen verwundert die Augen. Moderne Möbel gemischt mit Antiquitäten, teure Teppiche und Bilder an den Wänden, hätte ich in Jörgs Haus nicht erwartet.

„Ich habe Dir doch erzählt, dass ich die Praxis von einem Kollegen übernommen habe, der aus Altersgründen aufgehört hat. Das ist sein Haus. Ich darf hier wohnen. Er ist mit seiner Frau auf Weltreise und war froh, dass Jemand hier aufpasst."

„Ich hätte mich auch gewundert, wenn Du so viel Geld für ein Haus ausgegeben hättest. Das wäre wahrscheinlich eher in soziale Projekte gewandert als in Möbel!"

„Da hast Du Recht. Trotzdem fühle ich mich hier sehr wohl. Dr. Schreiber und seine Frau haben einen guten Geschmack. Von allem nur das Beste!"

Wir gingen durch das riesige Wohnzimmer hinaus in den anschließenden Garten. Auch der war wunderschön angelegt und erinnerte mich an die Gärten in England oder Schottland.

Es gab einen kleinen Teich mit einer Sitzgruppe. Dorthin gingen wir jetzt. Jörg hatte einen Eiskübel mit einer Flasche Wein auf den Tisch gestellt. Er öffnete die Flasche und goss uns beiden ein Glas ein.

„Ein Glas kann ich trinken. Mehr nicht. Ich bin doch mit dem Auto da", sagte ich.

„Ich habe uns was Leckeres gekocht. Und der Tag ist ja noch jung. Wenn Du möchtest, kannst Du auch hier übernachten. Es gibt Zimmer genug. Oder Du nimmst Dir ein Taxi."

„Ich überlege es mir", antwortete ich und trank einen Schluck von dem herrlichen Wein. Ich lehnte mich im Gartensessel zurück und atmete tief ein. Hier konnte man es aushalten. Kein Autolärm oder andere Geräusche drangen bis in den Garten. Eine absolute Idylle. Ich entspannte mich von Minute zu Minute. Erst jetzt merkte ich, dass ich vor dem Treffen mit Jörg nervös gewesen war. Zuhause hatte ich mich sicher gefühlt. Hier bei ihm war ich aufgeregt. Das legte sich jetzt langsam.

„Was gibt es denn Leckeres?" fragte ich. Ich hatte Hunger.

Jörg lächelte und sagte: „Du bist immer noch so neugierig wie früher. Lass Dich einfach überraschen. Ich habe etwas ausprobiert."

Wir tranken unseren Wein und hingen Beide unseren Gedanken nach. Diese Vertrautheit nach den vielen Jahren war wunderbar. Ich hatte bei Jörg nie das Gefühl, mich verstellen zu müssen. Wenn ich Kummer hatte, merkte er es sofort. Und wir konnten zusammen über die gleichen Dinge lachen.

„Wie geht es eigentlich Deinen Eltern?" fragte Jörg plötzlich. Ich habe die Beiden immer gemocht!"

„Mein Vater ist vor fünf Jahren gestorben. Er hatte einen schweren Autounfall, den er nicht überlebt hat. Er war in der Stadt unterwegs und wurde von einem betrunkenen Mann auf dem Zebrastreifen überfahren."

Ich musste daran denken, wie die Polizei damals in unser Haus kam und es uns mitteilte.

„Meine Mutter war an diesem Tag bei uns. Mein Vater wollte sie am Abend abholen. Das war ein furchtbarer Tag. Wir waren alle unter Schock", sagte ich leise.

Oh Gott, das tut mir furchtbar leid!" stöhnte Jörg.

„Du konntest das ja nicht wissen. Meine Mutter wohnte dann, nachdem es passiert ist, ein paar Wochen bei uns. Später ist sie wieder in die eigene Wohnung zurückgezogen. Mittlerweile hat sie seit zwei Jahren einen neuen Partner. Ein sehr netter pensionierter Lehrer. Seitdem reist sie rund um den Globus und ich sehe sie nur noch selten."

„Das macht sie genau richtig" sagte Jörg. „Es ändert nichts, wenn man sich zuhause einschließt." Er schaute in meine Richtung und ich wusste, dass er auch mich damit meinte.

„Ich gehe dann mal in die Küche. Möchtest Du mitkommen? Du müsstest mir tragen helfen!" Jörg stand auf und zog mich hinter sich her.

Die Küche sah aus wie ein Schlachtfeld. Überall standen Töpfe und Schüsseln voller Speisen auf dem großen Tisch in der Mitte des Raumes.

„Wie viele Leute kommen denn noch?" wollte ich wissen. „Das reicht ja für eine ganze Reisegruppe!"

Das sind Short Eats. Das ist praktisch eine südostasiatische Variante der spanischen Tapas. Es gibt sogenannte Hoppers und Dal Linsen als Curry. Dazu gibt es Hühnchen und Varda. Das sind kleine gefüllte Teigtaschen. Ich liebe die Küche aus Sri Lanka und Indien. Sehr würzig und richtig lecker."

Wir stellten die Speisen auf zwei Tabletts und nahmen noch eine Flasche Wasser und Brot mit nach draußen.

„Falls es Dir zu scharf ist, dann esse erstmal Brot und trink dann Wasser. Nicht anders herum. Sonst verteilt man die Schärfe durch das Wasser noch mehr im Mund!" Er grinste.

„Ich werde mich vorsichtig heran tasten. Aber probieren werde ich alles. Es sieht köstlich und exotisch aus." Mir lief das Wasser im Mund zusammen und mein Magen knurrte hörbar.

Jörg goss uns Wasser und Mango Saft ein.

„In Sri Lanka trinkt man keinen Alkohol. Aber wenn Du möchtest, kannst Du natürlich noch ein Glas Wein haben."

„Es ist mir ganz recht mal etwas anderes zu trinken. Der Wein ist köstlich, aber wir wollen ja später noch etwas arbeiten."

Jörg verdrehte die Augen. „Jetzt genießen wir erstmal die Speisen und später sehen wir weiter. Guten Appetit!"

Das Essen war so lecker, dass ich viel mehr aß als ich wollte. Ich probierte alles. Mein Favorit war das Dal Curry. Davon hätte ich eine Badewanne voll verputzen können. Mein Mund brannte, aber es war genau mein Geschmack.

„Ich glaube meine nächste Reise geht nach Sri Lanka oder überhaupt nach Asien. An die Küche könnte ich mich gewöhnen. Du hast super gekocht. Vielen Dank für das leckere Essen!"

„Lass uns etwas durch den Garten spazieren. Das tut gut nach dem Essen", sagte Jörg.

„Ja gerne, gute Idee", antwortete ich und Jörg zog mich aus dem Sessel. Er tat das mit Schwung und so prallte ich gegen ihn. Ich konnte sein Rasierwasser riechen und spürte seinen Atem.

„Du bist aber stürmisch!" lachte Jörg und küsste mir auf die Stirn. Ich hatte ganz kurz das Bedürfnis ihn richtig zu küssen, aber ich hatte mich schnell wieder im Griff. Ich war noch nicht bereit, ihn wieder an mich heran zu lassen.

„Du siehst übrigens bezaubernd aus. Das Sommerkleid steht Dir wirklich gut. Du hast früher schon gern Kleider getragen. Das hat mir immer gefallen. Wie auf dem Foto, dass ich Dir geschickt habe."

„Wo hast Du denn das alte Foto gefunden?" wollte ich wissen.

„Ich habe alle aufgehoben. Als ich zurück in Deutschland war, habe ich alles eingescannt, damit sie nicht verloren gehen. Wenn Du möchtest können wir sie mal gemeinsam anschauen?"

„Das würde ich sehr gerne machen. Ich glaube, ich habe nicht viele Fotos gesehen. Du hast zwar immer fotografiert und dann den Film in das alte Fachgeschäft auf der Hauptstraße gebracht. Gezeigt hast Du mir aber nur wenige."

„Ich fand mich immer furchtbar auf den Fotos. Aber Du hast fabelhaft ausgesehen", meinte Jörg.

„Ich glaube, dass geht fast Jedem so. Ich kann die meisten Fotos von mir auch nicht leiden."

Wir schlenderten durch den riesigen Garten und unterhielten uns über das Buch. Ich erzählte Jörg, dass ich schon etwas daran gearbeitet habe.

„Ich habe nur alles in die richtige zeitliche Abfolge gebracht. Ich bin mir nur noch nicht sicher, ob es ein Roman werden soll, oder doch ein biografischer Bericht aus Deiner Sicht als Arzt. Was meinst Du denn?"

„Ich habe mir auch schon Gedanken darüber gemacht. Außerdem habe ich mir einen Deiner Romane gekauft. Ich wollte wissen, was und wie Du schreibst. Das war ein sehr einfühlsames und romantisches Buch."

Jörg hatte meinen zweiten Roman gelesen. Er handelte von einer großen Liebe in den Wirren des zweiten Weltkrieges. Ich fand, dass es mein bisher bester Roman war.

„Ich möchte, dass Du das Buch als Roman verfasst. Schreibe einfach eine Geschichte um die von mir geschilderten Tatsachen herum. Ich vertraue Dir da voll und ganz." sagte jetzt Jörg und stellte sich vor mich. „Möchtest Du vielleicht unsere Geschichte als Vorbild nehmen?"

„Unsere Geschichte war doch schon 1978 beendet, als Du in den Flieger gestiegen bist!" antwortete ich traurig. „Ob sie weiter geht, wissen wir doch nicht!"

„Wenn Du uns keine Chance gibst, kann ich natürlich nichts machen. Aber ich glaube an das Schicksal, dass uns wieder zusammen geführt hat!" Jörg sah mich intensiv an und ich musste zugeben, dass er Recht hatte. Das konnte doch kein Zufall sein.

Wir gingen langsam wieder zu der Sitzgruppe zurück. Ich sagte nicht nein, als Jörg mir noch ein Glas Wein einschenkte. Er nahm sich auch noch ein Glas und rutschte dann mit seinem Stuhl dicht an mich heran.

„Weißt Du, wann ich mich in Dich verliebt habe?"
fragte Jörg. Er redete gleich weiter bevor ich etwas
sagen konnte.

„In dem Moment, wo Du so ungeschickt die Steine
geworfen hast. Dafür hast Du wirklich kein Talent.
Du wirktest so hilflos und trotzdem energisch. Und
Dein blonder Zopf hüpfte hin und her. Das hat mich
fasziniert!"

Ich wurde total unsicher und fing an meine
Unterlagen aus der Tasche zu zerren. Dabei fielen
mir einige Blätter auf den Boden. Jörg half mir sie
aufzuheben. Es war auch der Entwurf dabei, in dem
ich aufgeschrieben hatte, wie Jörg sich gefühlt
haben musste, als er in Nairobi ankam. Jörg las die
Zeilen und legte die Blätter auf den Tisch. Er zog
mich aus dem Sessel und küsste mich
leidenschaftlich. Ich konnte und wollte mich nicht
mehr wehren. Es war wunderschön und ich wusste
auf einmal, dass ich es mir schon lange gewünscht
hatte. Ich erwiderte den Kuss. Erst nach einer
ganzen Weile konnten wir uns wieder voneinander
lösen.

„Du hast genau beschrieben, wie ich mich damals
gefühlt habe. Es ist, als ob Du dabei gewesen bist.
Bitte mach mit dem Buch genauso weiter. Ich selbst
könnte so nie schreiben!"

„Dann lass uns mal weiter arbeiten!" antwortete ich
und setze mich wieder hin. Ich hatte ganz weiche

Knie nach dem Kuss und nahm die Gelegenheit wahr, von der Situation abzulenken.

Wir kamen gut voran. Jörg erzählte sehr spannend was in den ersten Monaten in Kenia alles passiert war. Nachdem er wieder gesund war, lebte er sich schnell ein. Er hatte einen Kollegen aus Italien. Außerdem unterstützen ihn noch zwei kenianische Ärzte. Wegen der sprachlichen Schwierigkeiten sprach man englisch miteinander. Das Hospital lag ca. 200 Kilometer entfernt von der Hauptstadt. Die Stadt heißt Nakuru. Sie liegt an einem großen See in der Nähe eines Nationalparks. Die Patienten kamen aus den Dörfern, teilweise viele Kilometer zu Fuß zur Behandlung. Viele hatten infizierte Wunden oder Knochenbrüche, die schlecht verheilt waren. Leider konnte nicht allen geholfen werden, da viele zu lange warteten, bis sie einen Arzt aufsuchten. Die meisten hatten kein Geld für eine Behandlung.

Ich kam gar nicht mit dem Schreiben hinterher, so schnell und ausführlich schilderte Jörg seine Erlebnisse.

„Wir hatten auch die ersten Fälle von AIDS. Damals hatte man aber noch keinen Namen für diese Krankheit. Man nannte sie dort nur die Seuche. Erst ein paar Jahre später, als man den Virus erkannte, hatte ich die ersten Kontakte mit Kollegen aus den USA. Dort war man schon viel weiter mit der Forschung. Behandeln konnte man die Menschen in Kenia aber nicht. Die Medikamente waren unerschwinglich. Es war eine deprimierende Zeit. Die Patienten starben uns unter den Händen weg. In dieser Zeit habe ich oft überlegt, ob ich nach Europa zurückgehen sollte."

Ich nickte nur und hörte auf Notizen zu machen. Mich hatten die Schilderungen aufgewühlt. Ich konnte die Menschen fast vor mir sehen, wie sie um Hilfe baten und den Ärzten die Mittel fehlten.

„Ich glaube für heute ist es genug!" sagte ich. „Ich muss nächste Woche erst einmal mit meinem Verleger sprechen, wie es weiter geht. Ich muss dem Chef mein Konzept vorlegen. Mal sehen ob er damit einverstanden ist."

„Ich bin auch erschöpft!" sagte Jörg und lehnte sich im Sessel zurück. Es ist emotional sehr anstrengend an diese Zeit zurück zu denken! Eins möchte ich Dir aber noch sagen! Ich hatte kurz eine Affäre mit einer Kenianerin. Erst viel später erzählte sie mir, dass sie auch die Seuche hat. Sie ist acht Monate später gestorben. Ich habe mich direkt testen lassen, als es die Möglichkeit gab. Ich wollte sicher sein. Ich bin nicht infiziert. Wir haben immer ein Kondom benutzt. Ich wollte trotzdem, dass Du das weißt."

Ich schluckte. Das musste ich erst einmal verarbeiten. Jörg konnte damals ja machen was er wollte. Er war ja nicht gebunden. Ich selbst hatte ja auch eine Affäre. Aber es war ein Punkt, den ich nicht einfach im Buch erwähnen wollte. Das war eine ganz intime Sache. Wenn Jörg es mir allerdings erlauben würde, darüber zu schreiben, würde es alles noch authentischer machen.

„Hast Du noch ein Glas Wein?" fragte ich. „Ich muss mal runterkommen. Das ist auch für mich eine neue Erfahrung. Meine Romane waren bisher alle nur fiktiv. Das was Du erlebt hast, ist aber wirklich geschehen."

Jörg goss mir noch ein Glas Wein ein und stand auf, um eine neue Flasche zu holen. „Ich brauche auch noch ein Glas. So angespannt war ich zuletzt damals, als ich versucht habe, Dich zu erreichen. Du glaubst gar nicht, wie oft ich geschrieben habe. Ich habe es auch über Deine Eltern versucht. Ein paar Monate nachdem es mir wieder besser ging, habe ich sie endlich telefonisch erreicht. Dein Vater hat gesagt, dass Du einen anderen Mann kennengelernt hast. Danach war ich zu enttäuscht, um es nochmal zu versuchen."

„Das hat mir mein Vater nie erzählt!" Ich war wie vor den Kopf geschlagen. Das musste zu der Zeit gewesen sein, als ich gerade Georg kennen gelernt hatte. Hätte es damals eine Bedeutung gehabt? Wäre ich Jörg gefolgt und hätte alles in der Heimat aufgegeben? Es war zu spät sich darüber Gedanken zu machen. Aber ich war wütend, dass mir mein Vater nicht die Chance gegeben hatte, dieses selbst zu entscheiden.

Jörg hatte meine Gedanken gelesen und sagte leise: „Wenn wir unsere zweite Chance nutzen wollen, dann müssen wir immer ehrlich zueinander sein und über alles reden. Ich möchte nicht den gleichen Fehler zweimal machen. Ich liebe Dich noch immer!"

Ich stand auf und ging zu Jörg hinüber. Ich lehnte mich an ihn und genoss es, seine Wärme zu spüren. Er war nicht mehr der unerfahrene, nach Abenteuer suchende Junge, sondern ein erfahrener Mann mit einer bewegenden Lebensgeschichte. Und ich wusste auf einmal, dass ich ihn auch immer noch liebte. Anders als damals, aber nicht weniger intensiv.

„Bleib heute Nacht bei mir!" sagte Jörg mit rauer Stimme. „Ich brauche Dich!" Und dann küssten wir uns ohne über die Vergangenheit und die Zukunft nachzudenken.

Als ich am nächsten Morgen erwachte, war ich so glücklich wie lange nicht mehr. Ich kuschelte mich an Jörg, der immer noch schlief. Er öffnete jetzt die Augen und lächelte mich an. „Du bist so schön. Ich kann es immer noch nicht glauben, dass wir uns gefunden haben. Ich bin einfach nur glücklich!"

Ich nickte nur und wir liebten uns ein weiteres Mal. Später standen wir auf, tranken eine Tasse Kaffee und fuhren an den Rhein.

Uns zog es Beide dort hin. Wir machten einen langen Spaziergang, ohne viel zu reden und aßen in einem Biergarten zu Mittag. Als wir wieder bei Jörgs Haus ankamen sagte ich: „Ich werde jetzt nach Hause fahren. Ich muss noch einiges für morgen vorbereiten. Der Verlag will sehen an was ich arbeite."

Jörg nickte und küsste mich. Ich holte meine Sachen und wir verabschiedeten uns an meinem Auto.

„Wann sehen wir uns wieder?" fragte Jörg.

„Ich melde mich nächste Woche bei Dir. Ab wann bist Du bei der Fortbildung?"

„Ich fahre morgen früh los und bin dann erst ab Donnerstag wieder zurück! Lass uns aber zwischendurch telefonieren. Ich möchte wenigstens Deine Stimme hören!" antwortete Jörg.

„Dann rufst Du am besten mich an. Ich möchte Dich nicht während Deiner Vorträge stören. Du kannst besser absehen, wann es passt!" sagte ich und streichelte seine Hand, die er an meiner Fahrertür aufgelegt hatte.

„Komm gut nach Hause Carina", verabschiedete sich Jörg und ich ließ den Motor an.

„Pass auf Dich auf. Ich sage Dir Bescheid, was der Verlag zu unserem Konzept gesagt hat!" Ich winkte und fuhr rückwärts auf die Straße. Ich hupte noch einmal kurz und dann machte ich mich auf den Heimweg.

Am Abend rief mich Leon an. Er hatte den wichtigen Termin, wahrscheinlich ein Treffen mit einer neuen Eroberung, verschieben können und sagte für die Einweihungsfeier zu. Er erzählte vom Studium und das es gut lief. Er studierte wie sein Vater Medizin. Er hatte noch drei Semester vor sich. Er hatte es nicht eilig. Zuletzt hatte Leon einmal angedeutet, dass er viel lieber im Restaurant seines Freundes einsteigen wollte. Er arbeitete dort gelegentlich als Kellner.

Pia hatte Ihr Sport Studium im letzten Jahr erfolgreich abgeschlossen. Sie wollte zusammen mit ihrem Freund ein Sportstudio eröffnen. Er war Physiotherapeut. Sie suchten nur noch nach einem geeigneten Objekt.

Ich freute mich auf die Beiden und verfasste am PC ein Schreiben an die Nachbarn. Ich bat um Verständnis, dass es bei der Feier im Hof etwas lauter werden könnte. Wenn es die Nachbarn stören sollte, dann wären sie herzlich auf ein Glas Wein oder Bier eingeladen.

Danach ordnete ich meine Unterlagen für das Gespräch mit dem Verleger. Ich schrieb eine E-Mail und machte einen Terminvorschlag für den kommenden Tag. Ich las mir nochmal die Aufzeichnungen durch und hatte schon den Entwurf für einen Roman im Kopf.

Am späten Abend rief Jörg nochmal an. Er wünschte mir eine Gute Nacht und sagte, dass er sich schon auf unser Wiedersehen freute. Ich vermisste ihn auch schon. Aber ich war auch froh, dass wir es diesmal langsam angehen ließen. Wir hatten so lange aufeinander verzichtet, dass wir jetzt nicht alles überstürzen mussten.

Am nächsten Tag sah ich nach dem Frühstück in mein E-Mail Postfach. Stefan Schröder hatte schon ganz früh zurück geschrieben. Er bestätigte den Termin am frühen Nachmittag.

Ich hatte noch Zeit die Flyer bei den Nachbarn in den Briefkasten zu werfen und schon einmal in einem Getränkemarkt eine Bestellung für das Wochenende aufzugeben. Ich wollte mir die schweren Kästen und Weinkartons liefern lassen. Außer den Kindern hatte ich noch Steffi und Michael, meine früheren Nachbarn, zwei frühere Kolleginnen aus dem Krankenhaus, mit denen ich immer noch Kontakt hatte und mehrere Freunde von Georg und mir eingeladen. Außerdem kam mein Verleger Stefan Schröder und Manuel, ein befreundeter Schriftsteller. Ich hatte Jörg noch nicht gefragt. Ich wollte ihn den Kindern eigentlich lieber in einem privaten Rahmen vorstellen.

Als ich vor dem Verlag parkte, war ich dieses Mal doch nervös. Bisher war ich mir immer sicher, dass meine Romane den Geschmack der Leser treffen würden. Diesmal würde es ein sehr persönlicher Roman werden. Ich war unsicher, wie er ankommen würde.

Stefan Schröder stand auf, als ich in sein Büro trat. „Hallo Carina, schön Dich zu sehen. Ich wollte Dir auch noch einmal persönlich zum Verlust Deines Mannes kondolieren. Geht es Dir gut?"

„Ich vermisse Georg immer noch sehr. Aber es tut nicht mehr so weh." sagte ich und setzte mich auf den Stuhl, den Stefan mir angeboten hatte.

„Was hast Du denn für eine Idee? Die Romanvorlage die Du mir zuletzt geschickt hast, hast Du verworfen oder?" fragte er.

„Er war nicht gut. Ich habe alles gelöscht. Ich habe nach vielen Jahren einen Freund wiedergetroffen. Er hat mich auf die Idee für den neuen Roman gebracht!"

Ich schilderte in kurzen Sätzen, um was es ging und wie ich mir das neue Buch vorstellte.

„Klingt nicht schlecht. Deine Leser erwarten aber wieder einen Liebesroman. Das ist Dir doch klar, oder?" fragte Stefan.

„Es wird ein autobiografischer Roman werden. Eine Liebesgeschichte wohl erst zum Ende hin. Du weißt ja, dass ich beim Schreiben manchmal noch etwas ändere. Ansonsten wäre es aber schön, wenn Du mir wie immer freie Hand lässt. Bisher waren meine Bücher doch auch ein Erfolg!"

Ich erwartete, dass er wieder anfing mit mir zu diskutieren, aber Stefan sagte unerwartet schnell: „Du weißt was Du machst. Die einzige Bedingung ist auch wie immer: Lass mich nicht zu lange warten."

Er stand auf und kam um seinen Schreibtisch herum. Ich stand ebenfalls auf, weil das Gespräch anscheinend schon beendet war. Er gab mir die Hand und wir verabschiedeten uns.

Als ich schon an der Tür war, fragte Stefan plötzlich: „Ist es etwas Ernstes zwischen Dir und diesem Mann von Früher?"

Ich drehte mich verwundert um und antwortete: „Damals war er die Liebe meines Lebens. Diesen Stellenwert muss er sich erst wieder erarbeiten!"

Stefan nickte und sagte ernst: „Ich wollte nur, das Du etwas weißt! Ich mag Dich Carina. Sehr sogar!"

Das hatte ich bisher nicht geahnt. Stefan Schröder war mir gegenüber immer sehr freundlich, aber reserviert. Bisher hatte er mich nur ganz selten etwas Privates gefragt. Ich wusste von ihm auch nur, dass er geschieden war und eine Tochter hatte.

Ich ignorierte seinen letzten Satz und sagte: „Auf Wiedersehen Stefan. Ich melde mich, wenn ich die ersten Kapitel geschrieben habe. Du bekommst dann wie immer eine Leseprobe. Außerdem sehen wir uns ja am Samstag zur Feier. Du kommst doch, oder?"

„Natürlich Carina. Ich freue mich schon. Sag mir nochmal die genaue Adresse!" Ich nannte sie ihm und er schrieb sie auf seinen Notizblock. „Bis Samstag!" sagte er dann.

Ich schloss die Tür hinter mir und war etwas verwirrt. Wollte Stefan mir zu verstehen geben, dass er in mich verliebt war oder wollte er mich einfach nur motivieren den Roman möglichst schnell zu schreiben?

Am Abend rief Jörg mich an und fragte wie es im Verlag gelaufen sei. Er erzählte mir auch von seinem Vortrag. Es war wohl ein voller Erfolg gewesen. Die anwesenden Ärzte waren sehr interessiert an den alternativen Therapien in der Krebsbehandlung. Die Zusammenarbeit zwischen Schulmedizinern und Ärzten, die sich um alternative Heilbehandlung bemühten, war nicht immer einfach. Jörg erzählte, dass er nicht immer ernst genommen wurde. Bei dieser Fortbildung lief es aber gut.

„Ich wünschte Du wärst jetzt bei mir. Ich bin so allein hier im meinem Hotelzimmer!" jammerte Jörg.

Mir ging es genauso. „Ich vermisse Dich auch", sagte ich.

„Hast Du nächstes Wochenende Zeit? Ich möchte etwas mit Dir unternehmen!" Jörg machte eine kurze Pause und sagte dann weiter. „Ich will keine weitere Zeit verlieren. Ich liebe Dich!"

Ich überlegte kurz und sagte dann: „Mir geht es genauso. Am Samstag mache ich eine Einweihungsfeier in meiner neuen Wohnung. Möchtest Du auch kommen?"

„Ja gerne. Ich würde mich sehr freuen Deine Kinder und Deine Freunde kennen zu lernen. Ist es auch wirklich o.k. für Dich? Ich glaube ich werde ziemlich nervös sein!"

„Natürlich. Irgendwann muss es sein. Warum nicht am Wochenende?" Ich musste lächeln. Jörg hatte mir fast die gleiche Frage vor vielen Jahren schon einmal gestellt, als ich ihn das erste Mal meinen Eltern vorgestellt hatte.

„Ist es Dir Recht, dass ich Dich als Jugendfreund vorstelle? Ich möchte noch etwas warten, bis ich mir sicher bin, wie es mit uns weiter geht" fragte ich.

Ich konnte Jörgs Enttäuschung hören, als er mir antwortete: „Ich kann Dich schon verstehen. Georg ist ja erst ein paar Monate nicht mehr da. Trotzdem wird es mir schwer fallen die Hände von Dir zu lassen. Ich bin ein schlechter Schauspieler!"

Wir unterhielten uns noch eine Weile. Ich wurde langsam müde und wollte unbedingt noch mit dem ersten Kapitel des Romans beginnen. Ich sagte Jörg „Gute Nacht" und setzte mich an den PC.

Ich hatte den Entwurf gespeichert, in dem ich beschrieb wie Jörg sich fühlte als er in Nairobi gelandet war. Hier setzte ich an und schrieb den Verlauf der ersten Wochen nach Jörgs Schilderungen auf. Ich umschrieb die nüchtern erzählten Details und so hatte ich innerhalb kurzer Zeit das erste Kapitel fertig gestellt. Ich las es nochmal durch, korrigierte ein paar Schreibfehler und war sehr zufrieden mit mir. Ich wollte das, was ich bis zum Wochenende fertig gestellt hatte, Jörg zu lesen geben. Schließlich war es eine Beschreibung seines Lebens.

Am Dienstag wollte mir überhaupt nichts gelingen. Schon morgens verschüttete ich den Kaffee quer über den Frühstückstisch und bei dem Roman fiel mir irgendwie überhaupt nichts Brauchbares ein. Jörg schrieb mir eine SMS und ließ mich wissen, dass er ständig an mich denkt. Es ging mir genauso. Deshalb brachte ich heute auch nichts zu Stande.

Ich zog mir meine Jogginghose und Laufschuhe an und fuhr an den Rhein. Ich musste den Kopf frei bekommen.

Ich war fast allein unterwegs. Nur ein paar Hundebesitzer gingen Gassi. Nach ein paar hundert Metern überholte mich ein anderer Jogger. Er lief an mir vorbei und grüßte. Kurz darauf drehte er sich wieder um und blieb stehen. Es war Stefan, mein Verleger.

„Carina, wie schön. Ich wusste gar nicht, dass Du auch joggst!" sagte er und lachte.

„Sehe ich so unsportlich aus?" fragte ich und musste auch lachen.

Wir liefen eine Weile nebeneinander her. Stefan machte in seinem Laufanzug eine gute Figur. Erst jetzt fiel mir auf, dass er sehr durchtrainiert war. Im Anzug am Schreibtisch konnte man nichts davon sehen.

„Ich brauche etwas Kontrast zu meinem Job", sagte Stefan jetzt. Das Laufen tut mir einfach gut. Ich bin oft hier am Rheinufer. Komisch, dass wir uns noch nie getroffen haben."

Typischer Fall von falschem Timing!" sagte ich und grinste.

„Du musst nicht zusammen mit mir laufen. Ich bin Dir bestimmt zu langsam!" sagte ich und schnaufte schon etwas, weil ich versuchte Stefans Tempo mit zu gehen.

Er lachte und lief etwas langsamer. Nach einer Weile bog Stefan auf die Wiese ab und setzte sich auf eine Bank. Er winkte mir und deutete neben sich.

Eine kurze Pause war jetzt genau das Richtige. Ich ließ mich neben ihn fallen. Langsam normalisierte sich mein Puls. Stefan streckte sich neben mir aus und legte plötzlich seinen Arm um mich.

„Wie lange kennen wir uns jetzt schon?" fragte er und beugte sich zu mir hinüber. Er sah mir tief in die Augen. Ich hatte Stefan bisher nie als Mann wahrgenommen. Er war immer nur mein Boss. Als Georg noch lebte, kam sowieso kein anderer Mann in Frage.

„Ich glaube es werden bald zehn Jahre!" antwortete ich. Sein Blick machte mich nervös.

„Ich bin seit neun Jahren geschieden. Es war kurz davor. Das kommt hin! Hast Du nie gemerkt, dass ich verliebt in Dich bin?" Sein Gesicht kam immer näher! Ich schluckte und versuchte etwas von ihm weg zu rücken.

„Wenn es so ist, dann konntest Du es gut verbergen. Ich habe das nicht geahnt!"

„Du warst glücklich verheiratet. Ich hätte damals nie eine Chance gehabt!" antwortete Stefan. „Und jetzt wahrscheinlich auch nicht. Dein Jugendfreund scheint Dir sehr wichtig zu sein!" Er machte ein unglückliches Gesicht und nahm seinen Arm wieder von meiner Schulter. Er schaute auf den Fluss und schloss die Augen.

Ich wusste nicht was ich sagen sollte. Die Situation überforderte mich. Aber zum ersten Mal fühlte ich mich sehr wohl in Stefans Nähe. Jetzt war er nicht mehr nur mein Verleger, sondern ein Mann, der mir gerade seine Liebe gestanden hatte. Das änderte alles!

„Was soll ich jetzt sagen Stefan. Ich bin wirklich überrascht über Dein Geständnis. Ich kann nicht sagen, wie es bei mir weiter geht. Ich will auch so schnell nach Georgs Tod keine neue Beziehung. Jörg ist früher der Mittelpunkt meines Lebens gewesen. Wir waren damals so jung. Danach ist etwas passiert, was mich sehr enttäuscht hat. Heute weiß ich, dass es nicht Jörgs Schuld war. Aber ich bin wie ein Elefant. Ich vergesse nicht so schnell. Ich weiß nur, dass ich mein Leben jetzt selbst in den Griff bekommen muss. Ob ein Mann bald wieder Platz darin hat, wird sich ergeben."

Stefan schaute wieder zu mir und nickte. „Wie war das mit dem schlechten Timing?" Er lächelte. „Komm lass uns weiter laufen!" Er stand auf und zog mich hoch.

Wir verabschiedeten uns nach einer weiteren Runde und ich fuhr nach Hause. Ich stellte mich unter die Dusche und sah die ganze Zeit Stefans Gesicht vor mir. Auf einmal fielen mir Situationen ein, in denen mir damals hätte auffallen müssen, dass Stefan diese Gefühle für mich hatte. Er hatte sehr oft angerufen, oder mich in den Verlag bestellt, um Dinge zu besprechen. Ich hatte damals immer gedacht, er wollte damit Druck ausüben, damit ich schneller mit den Romanen fertig wurde. Dabei wollte er mich nur sehen. So kann man sich irren.

Nach der Dusche setzte ich mich wieder an den PC. Ich las mir noch einmal das erste Kapitel durch.

Das nächste Kapitel begann mit der Schilderung der ersten Malaria Symptome bei Jörg. Er hatte mir erzählt, wie schlecht es ihm in dieser Zeit ging. Ich schrieb weiter über die furchtbaren hygienischen Verhältnisse, den Mangel an Medikamenten und Jörgs Angst in Kenia sterben zu müssen. Eine junge afrikanische Krankenschwester kümmerte sich in dieser Zeit sehr um ihn. Nach mehreren Wochen mit hohem Fieber, Schüttelfrost und ständigem Durchfall war Jörg körperlich am Ende. Nur die Hilfe von Fara, der Krankenschwester, hatte ihm wahrscheinlich das Leben gerettet. Sie hatte auch dafür gesorgt, dass ihn ein Krankentransport in die Klinik nach Nairobi gebracht hatte.

Als er wieder gesund war, brachte man ihn zurück in das Hospital nach Nakuru. Er hatte dann eine kurze Beziehung zu Fara, die er nach ein paar Wochen beendete. Er wollte nicht aus Dankbarkeit mit ihr zusammen bleiben. Ein paar Monate später starb sie dann an Aids. Sie war eine von vielen Patienten, die in dieser Zeit starben, ohne dass man genau wusste, was der Grund war. Erst Ende der 80er Jahren konnte man der Krankheit einen Namen geben.

Ich machte eine Pause und speicherte den Text ab. Mit einer Tasse Kaffee setzte ich mich auf den Balkon.

Das Telefon klingelte und ich ging zurück ins Wohnzimmer. Es war Jörg, der eine Pause zwischen den Vorträgen nutzte, um mich zu erreichen. Wie immer wenn ich seine Stimme hörte, bekam ich eine Gänsehaut. Bei keinem anderen Mann hatte ich dieses Gefühl.

„Was machst Du Schönes?" wollte Jörg wissen. „Ich hoffe, Du denkst so oft an mich, wie ich an Dich!"

„Ich denke bei jedem Wort, dass ich über Dich schreibe an Dich. Geht es Dir gut? Wann kommst Du zurück?" wollte ich wissen.

„Morgen habe ich noch einen Vortrag am Nachmittag. Ich werde dann noch in Düsseldorf übernachten und komme am Donnerstag nach dem Frühstück zurück. Danach muss ich gleich in die Praxis. Ich habe ab Mittag wieder Termine. Diese Woche ist richtig stressig!" stöhnte Jörg

„Aber zu der Feier am Samstag sehen wir uns?" fragte ich.

„Vielleicht schon am Freitagabend? Ich möchte nicht länger ohne Dich sein!" antwortete Jörg.

„Dann musst Du mir aber etwas bei den Vorbereitungen für die Feier helfen!"

Ich wollte am Freitag schon ein paar Speisen vorbereiten. Da doch einige kamen, wollte ich nicht erst alles am Samstag zubereiten.

„Die Kinder kommen Samstagnachmittag und Pia schläft dann auch bei mir!"

„Das heißt, dass ich nicht bei Dir schlafen kann!"
sagte Jörg und ich hörte an seiner Stimme, dass er
enttäuscht war.

„Dieses Wochenende leider nicht!" antwortete ich.
„Es ist vielleicht auch besser so, wenn wir es
langsam angehen lassen."

Wir verabredeten, dass Jörg am Freitagabend zu
mir kommen sollte. Er wollte mir helfen Salate zu
machen, weitere Speisen vorzubereiten und im Hof
Tische und Stühle zu platzieren. Ich hatte Lampions
und Kerzen gekauft. Ich wollte am Vorabend schon
alles dekorieren, damit ich am Samstag Zeit für Pia
und Leon hatte.

„Ich freue mich wahnsinnig auf Dich!" sagte Jörg
und wir verabschiedeten uns.

Die nächsten Tage hatte ich zum Schreiben wenig
Gelegenheit. Die Feier musste vorbereitet werden.
Ich schleppte tütenweise Lebensmittel nach Hause.
Ein Nachbar half mir einen Teil davon in die
Wohnung zu tragen. Ich lud ihn für seine Hilfe auch
zu der Feier ein. Der junge Mann sagte zu und
wollte auch beim Aufstellen der Gartenmöbel
helfen.

Am Freitagabend rief Pia völlig aufgelöst an. Sie
weinte minutenlang und konnte sich kaum
beruhigen.

„Was ist denn passiert mein Schatz? Du machst mir
Angst!" sagte ich.

Pia schniefte und antwortete so leise, dass ich sie kaum verstehen konnte.

„Mike hat mich verlassen. Er hat eine Neue!" Sie fing gleich wieder an zu weinen. „Er ist ausgezogen. Was soll ich denn jetzt machen? Unseren Plan vom eigenen Fitness-Studio kann ich jetzt auch vergessen!" Sie schluchzte laut.

„Beruhige Dich mein Schatz! Lass uns morgen über alles reden. Vielleicht ist es besser, dass es jetzt passiert ist und nicht erst, wenn ihr finanziell voneinander abhängig seid."

Pia weinte immer noch, aber so langsam beruhigte sie sich.

„Mama, ich bin so enttäuscht. Niemals hätte ich gedacht, das Mike so ein Schwein ist!"

„Das glaube ich Dir Pia. Betrogen zu werden ist immer schlimm. Wir werden morgen nochmal über alles reden. Mach Dir keine Sorgen. Wann kannst Du da sein?"

„Ich fahre nach dem Frühstück los und müsste so gegen Mittag bei Dir eintreffen" sagte Pia.

„Ich freue mich auf Dich mein Schatz. Fahr vorsichtig!" verabschiedete ich mich von ihr.

Ich hatte kaum aufgelegt, da klingelte es an der Tür. Jörg stand mit einem riesigen Blumenstrauß vor mir und fragte: „Was ist denn mit Dir los? Du siehst so traurig aus!"

Ich ließ ihn in die Wohnung, stellte den Blumenstrauß in eine Vase und erzählte ihm dann, was Pia mir am Telefon erzählt hatte.

Jörg nahm mich in den Arm und küsste mich. Ich war froh, dass er da war. Ich merkte erst jetzt wie sehr ich ihn vermisst hatte.

„Die arme Kleine. Wie lange waren die Beiden denn zusammen?" wollte Jörg wissen.

„Fast fünf Jahre!" sagte ich und konnte mich noch gut daran erinnern, wie Pia uns Mike damals vorgestellt hatte. Georg und er hatten gleich einen guten Draht zueinander. Ich mochte Mike auch, aber irgendetwas störte mich an ihm. Menschen, die einem nicht richtig in die Augen schauen konnten, wirkten unehrlich auf mich. Georg meinte immer, er sei nur schüchtern. Ich sah das anders. Ich habe es Pia nie gesagt. Sie hätte sowieso nicht auf mich gehört.

Ich holte uns eine Flasche Weißwein aus dem Kühlschrank und etwas Käse, Brot und Oliven.

Jörg und ich machten es uns auf der Terrasse erstmal gemütlich, aßen etwas und ließen uns den Wein schmecken.

Jörg erzählte von seinen Vorträgen, aber ich hörte nur mit halbem Ohr zu. Ich musste an meine Tochter denken. Sie musste sich jetzt fühlen wie ich damals, als Jörg sich nicht mehr gemeldet hatte.

Jörg merkte, dass ich ihm nicht richtig zuhörte und fragte: „Was hast Du denn heute noch vorzubereiten? Bei was kann ich Dir helfen?"

„Du kannst mir beim Schnippeln und später im Hof mit den Stühlen und Tischen helfen. Ein Nachbar kommt auch noch dazu."

Wir räumten den Tisch ab und gingen in die Küche. Mit Jörgs Hilfe hatte ich schnell drei Salate und ein paar Tapas vorbereitet. Die Gäste wollten auch alle eine Kleinigkeit mitbringen, damit ich nicht so viel Arbeit hatte. Ich stellte alles in den Kühlschrank und räumte die Küche auf.

Jörg zog mich, als ich die Dekorationsartikel holte, auf die Couch. „Mach mal eine Pause! Ich möchte Dich einfach mal in den Arm nehmen!"

Ich kuschelte mich an ihn und wir küssten uns lange. Jörg war sehr fordernd. Er versuchte mir das Oberteil hochzuschieben und flüsterte mir ins Ohr: „Das waren furchtbare Tage ohne Dich. Ich möchte auf der Stelle mit Dir schlafen!"

Ich hatte einfach keine Lust. Mir ging Pia nicht aus dem Kopf und die Vorbereitung der Feier machte mich nervös.

„Sei mir nicht böse, aber ich bin heute nicht Stimmung. Mir gehen so viele Gedanken durch den Kopf. Lass uns erstmal die Dinge im Hof vorbereiten."

Jörg verdrehte die Augen, aber dann grinste er. „Habe verstanden. Heute nur Knutschen und kein Sex!"

„Jedenfalls nicht bis alles für die Feier steht!" Ich lachte und gab ihm einen Kuss auf die Nasenspitze.

Wir brachten Lampions, Kerzen und Tischdecken in den Hof und ich ging ins Nebenhaus um bei Tom Dambeck, meinem Nachbarn zu klingeln. Er öffnete sofort und nahm seinen Schlüssel vom Regal.

„Was kann ich für Dich tun, schöne Nachbarin?" fragte er.

„Ich bräuchte Deine Hilfe beim Tragen der Stühle und Tische. Ein Teil ist in meiner Wohnung. Eine Bierzeltgarnitur ist noch in der Garage. Zwei Stehtische sind auch noch dort. Mein Freund wartet schon unten im Hof!"

Tom war ungefähr Ende Zwanzig und machte einen sehr netten Eindruck. Er war ein schlanker, südländisch aussehender Mann mit einem Dreitagebart. Er war selbstständig in der IT Branche und wohnte auch erst seit einem halben Jahr in seiner Wohnung. Wir hatten uns einmal im Hof getroffen, als er sein Fahrrad dort abgeschlossen hatte.

Jörg und Tom schüttelten sich die Hände und ich ging mit ihnen zu den Garagen, die sich neben dem Haus befanden. Die Tische und Bänke waren schnell in den Hof zu tragen. Der große Tisch und die Stühle aus der Wohnung waren schon schwieriger durch das Treppenhaus zu schleppen. Aber nach zwei Stunden war alles an der richtigen Stelle und ich brachte gemeinsam mit Tom die Lampion Girlande an. Es sah alles schon richtig gemütlich aus. Die Atmosphäre in diesem bewachsenen Hof begeisterte mich immer wieder. Ich holte uns eine Flasche Sekt aus der Wohnung und wir stießen schon einmal auf unsere getane Arbeit an. Tom holte seine Gitarre und spielte ein paar leise Töne. Er sang ein Lied, das Jörg und mich wieder in die Zeit unseres Kennenlernens zurückversetzte.

Den Song *Sound of Silence* von Simon and Garfunkel haben wir damals geliebt und den Text auswendig gekonnt. Wir sahen uns an und als Tom seine Gitarre einpackte und sich verabschiedete, gingen wir auch zurück in meine Wohnung.

Ich hatte die Tür kaum hinter mir zugemacht, da hob mich Jörg hoch und trug mich in mein Schlafzimmer. In seinen Armen vergaß ich alles.

Am nächsten Morgen frühstückten wir gemeinsam. Jörg half mir noch das Gästezimmer aufzuräumen und fuhr dann nach Hause. Pia würde bald kommen und ich wollte nicht, dass sie merkte, dass Jörg bei mir geschlafen hatte. Sie hatte im Moment andere Probleme. Leon wollte erst am Abend zur Party kommen. Er half am Nachmittag noch bei seinem Freund im Restaurant.

Als es an der Tür klingelte, schaute ich aus dem Fenster, ob es Pia war. Sie stand im Hof und schaute sich an, was wir am Vortag schon aufgebaut hatten. Sie winkte mir, als ich von oben rief: „Hallo mein Schatz. Ich mache Dir sofort auf!"

Ich ging ins Erdgeschoß und erschrak als ich die Tür öffnete. Pia sah aus, als ob sie die ganze Nacht durchgeweint hatte. Ich nahm sie ohne etwas zu sagen in den Arm. So standen wir eine ganze Weile zusammen, bis sie auf einmal sagte: „Mama, ich bin am Boden zerstört. Ich habe überhaupt nichts geahnt. Ich hasse Mike!"

„Wenn Du schon wütend bist, ist es ein gutes Zeichen. Die Trauerphase hast Du schon überstanden!" versuchte ich sie zu trösten.

Sie schniefte und wir gingen auf die Terrasse. Ich holte ihr einen Kaffee und nahm mir ein Glas Wasser mit nach draußen.

Wir unterhielten uns lange über das, was die letzten Tage passiert war und Pia beruhigte sich zusehends. Sie konnte zwischendurch sogar schon wieder lachen. Ihre größte Sorge war, dass ihr Traum vom eigenen Fitness Studio nun platzen würde.

„Versuch doch erstmal Dich als Trainerin irgendwo anstellen zu lassen. Dann hast Du auch die Möglichkeit festzustellen, ob das überhaupt etwas für Dich ist. Du wolltest doch sowieso eigentlich

Sporttherapeutin werden. Im Elisabeth Krankenhaus suchen sie dringend Therapeuten für Patienten in der Reha!"

„Manchmal kann eine Antwort so einfach sein!" sagte Pia und lächelte. Ich habe mich so von Mike und seiner Idee vereinnahmen lassen, dass ich das schon fast wieder aus den Augen verloren hatte. Meinst Du, ich sollte mich dort einmal bewerben?"

„Ich weiß von Petra, meiner früheren Kollegin, die heute Abend auch zur Party kommt, dass man dort immer fähige Leute sucht."

Pia nickte und sah schon viel besser aus. Jetzt brachte sie ihre kleine Reisetasche in das Gästezimmer und ging dann ins Badezimmer, um sich frisch zu machen.

Ich hatte uns einen Salat mit Filetstreifen gemacht und deckte den Tisch auf der Terrasse. Mein Esszimmertisch stand, genauso wie die Stühle, im Hof. Pia setzte sich in die Sonne, die gerade hinter den Bäumen zum Vorschein kam. Wir aßen und tranken den Rest aus der Sektflasche, die ich am Vorabend geöffnet hatte.

Pia schaute mir auf einmal in die Augen und sagte: „Jetzt habe ich so viel von mir erzählt. Wie geht es Dir eigentlich?"

„So langsam geht es mir besser. Ich bin dabei einen neuen Roman zu schreiben. Das lenkt mich ab!"

„Das freut mich sehr. Ist sonst noch etwas passiert. Du siehst irgendwie verändert aus. Du strahlst richtig!" Pia wollte mehr wissen. Ich fand aber, dass heute nicht der Tag war, um über Jörg zu berichten. Außerdem wollte ich es ihr gemeinsam mit Leon erzählen. Alles zu seiner Zeit!

„Ich freue mich, dass ich Euch Beide heute bei mir habe. Außerdem wurde es Zeit, auch die Freunde mal einzuladen. Ich möchte das nicht vernachlässigen."

Nach dem Essen legte Pia sich etwas hin. Sie war müde, weil sie die letzten Nächte nicht viel geschlafen hatte.

Ich räumte noch etwas auf und weckte Pia um fünf Uhr, damit sie noch etwas Zeit hatte, sich zu schminken und umzuziehen. Ich selbst hatte mir schon eins meiner neuen Kleider angezogen und stellte bereits Gläser und Teller in einen Korb, damit wir sie in den Hof tragen konnten.

Leon klingelte um halb sechs und stürmte die kleine Treppe hinauf. Er umarmte mich und sagte: „Schön Dich zu sehen, schönste aller Mütter! Sorry, dass ich so spät bin. Was gibt es noch zu tun?"

Ich lachte wegen der Begrüßung und drückte Leon fest an mich. Seine Haare waren etwas zu lang und seine dunklen Locken fielen ihm ins Gesicht. Er war braun gebrannt, weil er im Restaurant im Biergarten arbeitete und sah Georg immer ähnlicher. Pia hatte meine blonden Haare und himmelblauen Augen geerbt. Ich war sehr stolz auf meine hübschen Kinder.

„Du könntest Gläser und Teller runter tragen. Die ersten Gäste müssten bald kommen. Könntest Du gemeinsam mit Pia die Leute mit Sekt versorgen, wenn sie eintreffen?"

„Mach ich gern. Gäste bewirten kann ich mittlerweile gut. Gibt es auch Trinkgeld?" Leon lachte und schleppte den Korb in den Hof.

Pia kam aus dem Badezimmer und sah wunderschön aus. Sie hatte ein pastellfarbenes Sommerkleid an und hatte sich die Haare hochgesteckt.

„Du bist so hübsch mein Schatz!" sagte ich und Pia antwortete: „Du siehst aber auch sehr sexy in dem kleinen Schwarzen aus. Wenn uns einer fragt sagen wir, dass wir Geschwister sind!" Wir mussten beide lachen. Ich war froh, dass es Pia besser ging.

Als es an der Tür klingelte, bat ich Pia zu öffnen. Sie lief schnell zur Tür, weil sie dachte, dass Leon geklingelt hatte. Es war aber Tom von nebenan.

„Hi, ich bin Tom, der Nachbar!" hörte ich ihn sagen und Pia stotterte: „Ich bin Pia, Carinas Tochter!"

„Das ist unverkennbar. Ihr seht Euch sehr ähnlich und seid Beide sehr schön!"

Als ich um die Ecke schaute, sah ich wie Pia ganz rot wurde und schüchtern auf den Boden schaute. So hatte ich sie lange nicht mehr erlebt. Tom schien Eindruck zu machen.

Kurz darauf kamen die ersten Gäste. Steffi und Michael waren die Ersten, dann kamen meine frühere Kollegin Petra mit ihrem Mann und ein ehemaliger Kollege von Georg mit seiner Frau.

Es wurde langsam voll im Hof und Leon und Pia hatten alle Hände voll zu tun, die Gäste mit Getränken zu versorgen. Ich hatte die Speisen auf einem Tisch abgestellt und die Gäste verteilten ihre Salate, Brot und andere Leckereien die sie mitgebracht hatten, daneben. Heute würde keiner verhungern. Ich begrüßte meine Freunde. Als Stefan in den Hof kam winkte ich ihm zu und brachte ihm ein Glas Sekt. Er kannte außer Manuel, einem befreundeten Schriftstellerkollegen niemanden. Ich wollte ihn den anderen vorstellen. Er schaute mich anerkennend an und sagte leise: „Du bist wunderschön!" Jetzt wurde ich rot.

Ich zog ihn weiter und platzierte ihn neben Steffi. Sie würde mit ihrer offenen Art schnell Kontakt herstellen.

Jörg kam etwas später. Er hatte keinen Parkplatz gefunden. Als er in den Hof kam, schaute er sich um und suchte mich. Ich winkte ihm und ging ihm entgegen.

„Darf ich Dich küssen?" fragte er. Statt einer Antwort küsste ich ihn zur Begrüßung auf beide Wangen und flüsterte ihm ins Ohr: „Heute lieber nicht. Die Gäste werden mich auch so löchern und nach Dir ausfragen!" Jörg grinste. Er sah umwerfend aus. Er hatte eine helle Jeans und ein dunkles Hemd an. Darüber hatte er salopp einen Pullover über die Schulter gehängt, falls es später kühl werden würde.

Es wurde ein schöner Abend. Die Gäste unterhielten sich angeregt. Hin und wieder sagte Jemand: „Das Ambiente hier ist ein Traum. Schöner kann man fast nicht wohnen." Das fand ich auch. Später holte Tom seine Gitarre und spielte leise bekannte Songs. Es herrschte eine entspannte Atmosphäre. Pia stelle sich neben mich und sagte: „Weißt Du ob Tom eine Freundin hat?" Ich musste lächeln. Ich hatte schon gemerkt, dass sie Tom die ganze Zeit beobachtete. Aber auch er schaute dauernd zu ihr hinüber. Da hatte es anscheinend gefunkt. Ich freute mich sehr, dass Pia wenigstens heute Abend abgelenkt war.

„Wer ist denn der gutaussehende Mann der neben Manuel steht?" fragte sie.

„Das ist Jörg. Er ist ein Freund, den ich durch Zufall nach vielen Jahren wiedergetroffen habe", antwortete ich.

„Er lässt Dich nicht aus den Augen!" sagte Pia. „Stefan Schröder aber auch nicht! Da hast Du ja gleich zwei Verehrer!" Sie hatte es gleich bemerkt. Meiner Tochter konnte man nichts vormachen. Ich nickte.

„Und für wen schlägt Dein Herz?" fragte sie jetzt direkt.

„Ich will ehrlich sein. Jörg hat mir einmal sehr viel bedeutet. Stefan Schröder hat mir letzte Woche gestanden, dass er in mich verliebt ist. Aber ich bin mir bei Beiden nicht sicher. Ich vermisse Deinen Vater einfach noch zu sehr, um gleich eine neue Beziehung einzugehen!"

Pia umarmte mich. Sie sagte nichts, aber ich wusste, dass sie mich verstand.

„Und jetzt kümmere Dich mal weiter um Tom. Der kennt ja hier kaum Jemanden!"

Jörg kam mit einem Glas Sekt auf mich zu und flüsterte: „Hallo sexy Lady. Hast Du Lust etwas mit mir zu trinken?"

Ich lächelte und nahm ihm das Glas ab. Ich erklärte ihm, wer die Gäste waren. Roland, einen Kollegen von Georg, kannte er selbst noch von früher. Als ich mich umdrehte merkte ich, dass Stefan sich neben uns gestellt hatte. Er stellte sich Jörg vor und verwickelte ihn in ein Gespräch. Es ging natürlich um den Roman. Stefan wollte Details über Jörgs Tätigkeit in den letzten Jahren wissen. Ich ließ die Beiden allein und half Leon dabei, die Gäste mit Getränken zu versorgen und mich mit dem ein oder anderen ausgiebiger zu unterhalten. Steffi fragte mich im Vorübergehen: „Ist das Dein Schwarm aus alten Zeiten? Der Arzt aus Afrika?"

Es hatte sich also schon herum gesprochen. Ich nickte und musste lachen. „Er heißt Jörg. Er ist Arzt und arbeitet jetzt wieder hier in Bonn. Alles andere musst Du ihn selbst fragen!" Ich zwinkerte ihr zu und ging zum Buffet, um mir auch etwas zu Essen zu holen.

Ich setzte mich neben Leon, der sich seinen Teller bis zum Überlaufen voll gehäuft hatte. „Ich hab einen Wahnsinnshunger. Hab heute kaum was gegessen!" sagte er und schaufelte sich die nächste volle Gabel in den Mund.

"Super Party, total nette Leute hast Du eingeladen. Der da hinten mit Stefan steht, den kenne ich gar nicht. Wer ist das?" wollte Leon wissen.

„Hat der Hoftratsch Dich noch nicht erreicht?" sagte ich und lachte. „Er heißt Jörg und ich kenne ihn von früher. Mehr nicht. Punkt! Auch wenn einige der Gäste mehr vermuten!"

Es würde noch eine bessere Gelegenheit geben, um näher darauf einzugehen. Heute war nicht der richtige Zeitpunkt. Oder hatte ich einfach nur Angst, dass die Kinder negativ reagieren könnten?

Kurz vor Mitternacht kamen noch ein paar Nachbarn, um mir zum Einzug alles Gute zu wünschen. Ein älteres Ehepaar konnte ich noch dazu überreden, ein Glas Wein mit uns zu trinken. Eine junge Frau brachte mir eine schöne Topfpflanze für die Terrasse. Sie unterhielt sich noch eine Weile mit Pia und Tom. Als wir schon aufräumen wollten, erschien noch ein schwules Pärchen aus dem Vorderhaus. Sie schenkten mir eine Fußmatte mit der Aufschrift *Sie haben Ihr Ziel erreicht.*

Ich freute mich sehr, dass fast alle Nachbarn doch noch für einen kurzen Besuch gekommen waren. Als die letzten sich verabschiedeten, war es schon fast drei Uhr nachts. Stefan und Jörg blieben bis zum Schluss. Sie halfen zusammen mit Leon, Pia und Tom noch die Reste vom Buffet und die Gläser in die Wohnung zu tragen. Ich war stehend k.o., aber sehr zufrieden mit dem Abend. Leon hatte nicht viel getrunken und fuhr noch nach Hause. Er hatte es nicht weit. Seine Wohnung lag nur ca. drei Kilometer von meiner entfernt. Tom verabschiedete sich und gab Pia einen Kuss. Hatte ich da etwas verpasst? Pia grinste und ging schnell ins Gästezimmer. Sie hatte anscheinend keine Lust auf eine Erklärung.

„Mein Taxi ist gerade gekommen!" sagte Stefan und nahm mich in den Arm. „Danke für den schönen Abend. Ich rufe Dich nächste Woche mal an. Wollen wir wieder einmal gemeinsam joggen?" Er hatte es extra laut gesagt, damit Jörg es auch hörte. Der schaute mich jetzt fragend an.

„Gute Nacht Stefan. Ich melde mich, wenn ich die nächsten Kapitel geschrieben habe. Ich schicke Dir dann eine Leseprobe!" Ich ging nicht auf seine Frage zum gemeinsamen Joggen ein.

Jörg und ich waren jetzt allein in der Küche.

„Möchtest Du noch etwas trinken?" fragte ich ihn.

„Ich trinke noch ein Glas Wasser, wenn es Dir Recht ist. Ich muss ja noch nach Hause!" Er spielte darauf an, dass er wegen Pia heute Nacht nicht bei mir übernachten konnte.

Ich streckte ihm die Zunge heraus und wir lachten.

Als ich endlich im Bett lag, war es fast schon wieder hell. Ich schlief traumlos bis zum nächsten Mittag. Als ich ins Badezimmer gehen wollte sah ich, dass Pia mir einen Zettel auf den Wohnzimmertisch gelegt hatte.

„Ich bin mit Tom unterwegs. Wir haben uns gestern zum Brunch verabredet."

Ich kochte mir eine Tasse Kaffee und legte mich nochmal ins Bett. Am Nachmittag wollten Leon und Jörg mir beim Aufräumen helfen. Im Hof sah es wüst aus. Überall stand noch etwas herum. Ich duschte ausgiebig und zog mich an.

Ich holte das Geschirr und die restlichen Gläser in die Wohnung und stopfte Tischdecken in die Waschmaschine.

Die restlichen Speisen vom Buffet hatten wir in der Nacht noch in den Kühlschrank gestellt. Jetzt verteilte ich sie in Plastikschüsseln. Die Kinder konnten sich gern etwas mit nach Hause nehmen. Es war zu schade, die Lebensmittel weg zu werfen.

Danach setzte ich mich auf die Couch und war nach kurzer Zeit wieder eingeschlafen. Erst die Türklingel weckte mich am Nachmittag aus dem Tiefschlaf.

Leon kam gut gelaunt in die Wohnung, nachdem ich ihm die Tür geöffnet hatte.

„Oh Mama, Du siehst ganz schön müde aus", sagte er und nahm meinen Schlüssel von der Kommode. „Ich bringe schon einmal die Bänke zurück in die Garage. Das schaffe ich allein. Mit den anderen Sachen muss mir Dein Freund Jörg nachher helfen.

Dein Freund Jörg hatte Leon ganz selbstverständlich gesagt. Die Kinder würden keine Probleme machen, wenn ich Ihnen mitteilen würde, dass Jörg mittlerweile schon mehr war, als nur ein Freund. Warum hatte ich dann nicht den Mut mich zu ihm zu bekennen? Warum konnte ich nicht über meinen Schatten springen?

Ich wusste, dass Georg nicht gewollt hätte, dass ich für immer allein bleiben würde.

Mit diesem Gedanken ging ich ins Badezimmer und schminkte mir die Müdigkeit aus dem Gesicht. Jetzt fühlte ich mich besser.

Als ich auf den Hof trat, kam gerade Jörg gemeinsam mit Leon um die Ecke. Sie lachten und schienen sich gut zu unterhalten. Jörg winkte mir. Als er näher kam, sagte er: „Ich habe Leon gerade in der Garage getroffen. Wir wollen jetzt Deine Möbel wieder zurück in die Wohnung tragen, bevor Jemand auf die Idee kommt, es ist Sperrmüll. Er lachte laut.

„Na hör mal. Das ist ein nagelneuer Tisch und Designer Stühle", sagte ich entrüstet. „Ich habe gleich, als ich aufgestanden bin, geschaut ob noch alles da ist. Gut, das man von der Straße nicht sehen konnte, dass hier was zu holen gewesen wäre."

Jörg lächelte und stupste mir auf die Nase. „Ich wollte Dich doch nur ein bisschen ärgern. Es war gestern ein richtig schöner Abend. Ich habe mich gut unterhalten. Deine Kinder sind sehr nett. Deine Tochter sieht aus wie Du im Sommer 1977."

Er zog ein Foto aus der Tasche und zeigte es mir. Darauf war ich zu sehen, wie ich auf einer Bank saß. Ich hatte eine Sonnenblume in der Hand und einen Strohhut auf dem Kopf. Ich konnte mich gut an den Tag erinnern, als es gemacht worden ist.

An diesem Tag hatte Jörg die Nachricht bekommen, dass er nach Kenia gehen konnte. Jörg hatte es mir gesagt, während wir in den Rheinauen spazieren gegangen waren. Er hatte mir eine Sonnenblume gepflückt und mich geküsst. Nachdem er es mir erzählt hatte, musste ich mich erstmal auf eine Bank setzen. Ich freute mich für ihn, aber ich wusste auch, dass es erst einmal eine lange Zeit der Trennung bedeuten würde. Es war, als ob er durch das Foto die Zeit zurück gedreht hatte. Ich erinnerte mich stark an meine Gefühle an diesem Tag.

Leon schaute mir über die Schulter und sagte: „Bist Du das Mama? Wann wurde denn das Foto gemacht?"

Jörg nahm mir die Antwort ab und sagte: „Das war im Sommer 1978. Deine Mutter und ich waren damals ein Paar. Ich bin in diesem Sommer als Arzt nach Kenia gegangen."

Leon schaute erstaunt und sagte zu mir gewannt: „Dann war Jörg wohl Dein erster Freund?"

„So könnte man sagen! Ich war siebzehn, als wir uns kennen gelernt haben. Wir haben damals sogar zusammen gelebt."

Weitere Erklärungen brauchte ich erstmal nicht abzugeben, denn Pia und Tom kamen in den Hof und begrüßten uns. In kurzer Zeit war alles wieder in den Ursprungszustand zurück versetzt und wir gingen in meine Wohnung. Ich kochte uns einen Kaffee und wir machten es uns im Wohnzimmer gemütlich. Als ich die Milch aus der Küche holen wollte, stand Pia plötzlich hinter mir.

„Mama, Du wirst es nicht glauben, aber ich bin total verliebt!" schwärmte Pia.

„Und ich weiß auch in wen!" sagte ich und schaute in Richtung Tom. „Ich glaube, er ist ein richtig netter Mann."

Es war schön zu sehen, dass die Jugend sich so schnell wieder verlieben konnte.

Ich hatte mich damals, nachdem Jörg sich nicht mehr gemeldet hatte, in eine Affäre gestürzt. Ich glaube aber hauptsächlich, um mich abzulenken, damit ich nicht dauernd an Jörg dachte.

Ich hatte mir damals schnell eine neue, preiswertere kleine Wohnung suchen müssen. Der Eigentümer, der mir ein kleines Appartment vermietet hatte, kam nach meinem Einzug öfter vorbei, um zu fragen ob alles in Ordnung sei. Dann lud er mich eines Tages zum Essen ein. Ich hatte dann eine kurze Affäre mit ihm. Er hieß Jochen und war deutlich älter als ich. Dass er verheiratet war, habe ich erst später erfahren. Ich war noch so jung und unerfahren. Es hatte mir geschmeichelt, dass er verrückt nach mir war. Aber leider war es für ihn nur eine Bettgeschichte. Bevor seine Frau dahinter kommen konnte, beendete er das Verhältnis. Ich war nicht lange traurig, weil ich damit gerechnet hatte.

Jörg unterhielt sich mit Tom und Leon und ich schaute, ob der Kaffee fertig ist. Pia und Tom hatten Kuchen mitgebracht. Wir saßen am Nachmittag lange zusammen. Als es Abend wurde, machte sich zuerst Leon auf den Weg und eine halbe Stunde später musste Pia auch los. Beim Abschied sagte sie mir, dass sie am Vorabend mit meiner früheren Kollegin Petra gesprochen hatte. Sie hatte ihr empfohlen, eine Bewerbung zu schreiben.

Sie hatte ihr viel Hoffnung gemacht, dass sie dort eine Stelle zur Sporttherapeutin bekommen könnte.

„Na siehst Du! Alles Schlechte hat auch etwas Gutes. Vielleicht bist Du Mike sogar irgendwann dankbar. Nicht für den Betrug, aber der neuen Chance, die sich jetzt bietet." Ich drückte sie fest.

„Ich komme Dich bald wieder besuchen!" sagte sie und zwinkerte mir zu. „Tom ist genau das, was ich jetzt brauche!"

„Mach es gut und fahr vorsichtig!" Ich winkte Pia noch vom Fenster aus zu und dann war sie verschwunden. Tom war mit ihr hinunter gegangen. Ich bedankte mich nochmal für seine Hilfe. Er antwortete nur: „Das habe ich gern gemacht. Es war auch für mich der schönste Abend seit langem!"

Jetzt war ich mit Jörg allein. Wir setzten uns auf die Couch und hörten uns eine CD von Rod Stewart an. Er war damals einer unserer Lieblingssänger. Seine rauchige Stimme fand ich damals unheimlich erotisch. Nach kurzer Zeit war ich in Jörgs Armen eingeschlafen. Als ich erwachte, war ich allein. Auf dem Tisch lag ein Zettel mit einer Botschaft von Jörg.

„Ich fahre nach Hause Carina. Schlaf Dich richtig aus. Ich rufe Dich morgen von der Praxis aus an. Ich liebe Dich!"

Am nächsten Morgen wachte ich auf und fühlte mich krank. Ich hatte Kopf-und Halsschmerzen und leichtes Fieber. Wahrscheinlich war ich deshalb am Vortag auch schon so müde gewesen. Ich löste mir eine Aspirin Tablette auf und legte mich wieder ins Bett. Am Mittag rief mich Jörg an. Ich berichtete ihm, dass ich mir eine Erkältung eingefangen hatte.

„Brauchst Du etwas? Soll ich heute Abend zu Dir kommen?" fragte er.

„Das ist lieb von Dir Jörg, aber ich glaube ich wäre kein schöner Anblick. Außerdem möchte ich Dich nicht anstecken!"

„Das kann ich verstehen! Ich rufe Dich heute Abend aber nochmal an, um zu hören wie es Dir geht!"

Ich freute mich, dass Jörg sich nochmal melden wollte und legte mich, nachdem ich mich verabschiedet hatte, schnell wieder auf die Couch. Schon das kurze Gespräch verschaffte mir starke Halsschmerzen.

An einer Weiterarbeit an dem Roman war nicht zu denken. Ich konnte kaum einen klaren Gedanken fassen. Also machte ich mir einen Tee und setzte mich vor den Fernseher. Es dauerte nicht lange und ich schlief erneut ein. Als ich wieder wach wurde, war es schon später Nachmittag. Ich raffte mich auf und machte mir eine Brühe. Danach ging es mir etwas besser. Als Jörg am späten Abend anrief, hatte ich aber schon wieder Fieber. So sprachen wir nur kurz miteinander und verabredeten uns für das Wochenende. Bis dahin sollte es mir besser gehen und wir konnten weiter am Roman arbeiten.

Ich erholte mich langsam und am Donnerstag setzte ich mich wieder für kurze Zeit an den PC. Ich hatte schon relativ viel geschrieben und brauchte nun weitere Informationen von Jörg, um weitermachen zu können.

Am Freitag war ich wieder fit und hatte große Lust in die Stadt zu fahren, um mir etwas zu kaufen. Vor allem brauchte ich Lebensmittel. Auf dem Weg zum Supermarkt fuhr ich durch die Straße, in der Jörg wohnte. Ich überlegte kurz, ob ich ihn überraschen sollte. Vor dem Haus wurde gerade ein Parkplatz frei. Ich blinkte und fuhr in die Parklücke.

Als ich aussteigen wollte sah ich, dass Jörg gerade aus dem Haus kam. Ich wollte schon winken, da sah ich die Frau, die mit ihm das Haus verließ. Ich konnte meinen Augen nicht trauen, als sie sich umarmten und die Frau Jörg etwas ins Ohr flüsterte. Sie lachten und waren sehr vertraut miteinander. Die Frau war sehr attraktiv. Ich war wie vor den

Kopf geschlagen. Ich blieb im Auto sitzen und wartete bis die Beiden in einen Sportwagen stiegen und davon fuhren.

Etwas später fuhr ich auch weiter Richtung Supermarkt. Dort angekommen, wusste ich nicht mehr was ich kaufen wollte. Ich war vollkommen durcheinander. Jörg konnte man nicht glauben. Er hatte mich belogen. Es gab anscheinend doch eine Frau in seinem Leben. Wahrscheinlich stimmte die Geschichte mit der Erkrankung in Kenia auch nicht. Ich war enttäuscht und wütend. Ich wollte Jörg nie wieder sehen. Er hatte mich einmal enttäuscht und das würde mir nicht wieder passieren.

Ich kaufte wahllos etwas ein und fuhr wieder nach Hause. Erst jetzt realisierte ich, dass ich jetzt auch den Roman vergessen konnte. Ohne Jörg wusste ich nicht, wie es weitergehen sollte.

Aber vielleicht war ja auch alles ganz harmlos. Er würde es mir bestimmt erklären können. Ich wollte seinen Anruf abwarten.

Eigentlich wollte mich Jörg am Abend anrufen. Wir wollten einen Termin ausmachen, um am Roman weiter zu arbeiten. Aber er rief nicht an. Er war sicher mit der attraktiven Frau unterwegs. Da hatte er mich natürlich vergessen. Ich nahm mir ein Glas Wein und rief Pia an. Sie ging auch gleich an ihr Handy.

„Hallo Mama! Wie schön das Du Dich meldest. Geht es Dir gut?“

Ich erzählte ihr von der Erkältung und das es mir besser ging. Ich fragte sie, ob sie die Bewerbung abgeschickt hatte.

„Ich habe sie am Mittwoch abgeschickt. Drück mal die Daumen!“

„Hast Du nochmal etwas von Mike gehört?“ wollte ich wissen.

„Er hat nur ein paar Sachen aus der Wohnung geholt als ich nicht da war. Ich wollte ihn nicht sehen!“

Ich konnte das gut verstehen und hoffte, dass Pia einen Job in dem Krankenhaus in Bonn bekam. Es wäre schön, sie wieder in meiner Nähe zu haben.

Spät am Abend ging ich noch einmal an die frische Luft. Ich brauchte das um einen klaren Gedanken fassen zu können.

Was wusste ich denn von Jörg? Zu was für einem Menschen hatte er sich denn in den letzten dreißig Jahren entwickelt? In meinem Kopf ging alles drunter und drüber. Als ich wieder zuhause ankam hoffte ich doch, dass er sich gemeldet hatte. Aber weder auf dem Handy noch Festnetz war ein Anruf angekommen.

Ich schlief schlecht in dieser Nacht und träumte wirres Zeug. Am Samstag wachte ich schweißgebadet auf und hatte Herzrasen. Erst langsam konnte ich mich beruhigen.

Ich räumte die Wohnung auf, sammelte die Wäsche zusammen und fuhr auf den Wochenmarkt. Danach ging ich in ein Thai Restaurant, um etwas zu essen. Der Samstag verging, ohne dass Jörg sich meldete. Als ich gerade ins Bett gehen wollte, klingelte dann doch das Telefon. Es war Stefan!

„Hallo Carina. Entschuldige, dass ich Dich so spät noch anrufe. Ich wollte mal hören wie Du vorankommst!"

„Stefan, hast Du morgen mal Zeit?" fragte ich stattdessen.

„Natürlich habe ich Zeit für Dich. Möchtest Du in den Verlag kommen, oder darf ich Dich abends zum Essen einladen?"

„Essen gehen wäre schön. Wo sollen wir uns treffen?" fragte ich.

„Ich hole Dich um 19 Uhr ab. Ist das o.k. für Dich?" Stefan freute sich sichtlich.

„Ja, gern! Bis morgen Abend! Gute Nacht Stefan!" Ich legte auf und überlegte, wie ich ihm am besten schonend beibringen konnte, dass aus dem Roman wieder nichts wurde.

Am Sonntagmorgen rief Jörg dann an. Ich hatte keine Lust mit ihm zu reden. Ich ließ es klingeln bis der Anrufbeantworter ansprang.

„Hallo Carina, sorry das ich mich jetzt erst melde, aber ich hatte wahnsinnig viel zu tun. Ich hoffe es geht Dir besser. Melde Dich doch mal" sprach Jörg auf die Mailbox.

„Da kannst Du lange warten!" murmelte ich vor mich hin und löschte gleich den Text wieder. „Viel zu tun! Das hab ich gesehen!"

Ich hatte den ganzen Tag schlechte Laune und wollte Stefan schon für den Abend absagen. Ich musste ihm aber auch wegen dem Roman die Wahrheit sagen. Ich konnte ihn nicht länger hinhalten. Das wäre nicht fair gewesen.

Als er kurz vor sieben klingelte, war ich noch nicht ganz fertig. Ich ließ ihn in die Wohnung. Er setzte sich kurz ins Wohnzimmer, bis ich mich komplett angezogen hatte.

Als ich im Zimmer erschien pfiff er leise und sagte: „Du siehst toll aus! Sehr sexy!"

Ich hatte eine enge Jeans und eine leicht durchsichtige Bluse angezogen. Dazu hochhackige Pumps. Ich hatte auf einmal das Bedürfnis mich chic zu machen.

„Ich habe einen Tisch im *Topf und Pfanne* bestellt. Kennst Du das Restaurant?" fragte Stefan.

„Ich habe schon davon gehört. Es hat erst vor kurzem eröffnet, nicht wahr?"

„Genau. Der Koch hat sich seinen Stern verdient. Die Speisen sind ein Traum! Lass uns losfahren. Ich habe einen Tisch reservieren lassen."

Stefan stand auf und wir gingen durch den Hof auf die Straße, wo sein Auto im Halteverbot stand.

„Dann lass uns mal fahren bevor die nächste Politesse sich auf Dich stürzt!" sagte ich und Stefan lachte.

„Schau mal in das Handschuhfach!" sagte er. Ich öffnete es und sah eine Flut von Strafzetteln in dem Fach liegen.

„Oje, ich glaube Du wirst in Zukunft bald mit dem Fahrrad fahren müssen, wenn Du so weiter machst." Ich schloss das Handschuhfach wieder.

Wir brauchten bis zum Restaurant eine knappe halbe Stunde. Stefan hatte einen schönen Tisch in einer Nische reserviert. Er nahm mit jetzt die Jacke ab. Er gab sie dem Kellner und rückte mir den Stuhl zurecht. Man konnte von meinem Platz das Restaurant einsehen, ohne dass man selbst auf dem Präsentierteller saß.

Wir studierten die Karte. Stefan bestellte uns ein Glas Champagner als Aperitif.

Das Essen war wirklich hervorragend. Ich hatte lange nicht mehr so gut gegessen. Stefan war sehr erfreut, als ich ihm sagte, dass er eine gute Wahl getroffen hatte.

Wir waren gerade beim Dessert als ich sah, dass etwas abseits neben uns, Jörg Platz nahm. Er war in Begleitung der attraktiven Frau, mit der ich ihn am Freitag gesehen hatte.

Mit einem Schlag war mir der Appetit vergangen. Ich legte den Dessertlöffel auf den Teller.

Stefan schaute in die Richtung, in die ich geschaut hatte und sagte: „Ist das nicht Jörg da hinten am Tisch?"

„Ja, ich habe ihn auch gesehen. Ich möchte ihn aber nicht ansprechen. Ich habe meine Gründe."

„Ich frage gleich nach der Rechnung!" sagte Stefan. „Ich glaube, Du möchtest nicht länger hier bleiben, oder?"

„Du hast es erraten. Lass uns noch zu mir fahren. Ich möchte Dir etwas erklären!"

Stefan zahlte und holte meine Jacke. Ich ging mit gesenkten Kopf zum Ausgang, weil ich nicht wollte, dass Jörg mich sah.

Ich atmete auf, als wir wieder auf der Straße waren. Ich war wütend und enttäuscht zugleich.

Als wir bei mir ankamen, hatte ich mich wieder einigermaßen gefangen. Stefan suchte nach einem Parkplatz.

„Ich glaube, das könnte heute später werden, da parke ich lieber nicht im Halteverbot!" sagte er.

Als wir in meiner Wohnung ankamen, machte ich uns erstmal einen Kaffee. Stefan hatte sich auf die Couch gesetzt und beobachtete mich, als ich in der Küche den Kaffeeautomat bediente.

„Was ist das denn mit Dir und diesem Jörg? Da sind doch mehr Gefühle bei Dir als Du zugibst!" sagte er.

„Ich weiß es selber nicht. Aber es macht keinen Sinn, weiter darüber nachzudenken. Er scheint ja eine Freundin zu haben. Ich habe, als ich zuletzt an seinem Haus vorbeigefahren bin, diese Frau von heute Abend schon einmal mit ihm zusammen gesehen."

„Es kann ja einfach nur eine Bekannte sein!" antwortete Jörg.

„Das sah nicht so aus. Außerdem hat er mir erzählt, er hätte viel zu tun. Wenn er sich nur mit einer Bekannten getroffen hätte, dann hätte er es mir gesagt." Ich ging hinüber ins Wohnzimmer.

„Wie auch immer. Ich werde versuchen den Roman ohne Jörg zu Ende zu schreiben. Ich habe noch genug Informationen und den Rest überlasse ich meiner Phantasie!" sagte ich.

Stefan nahm mir die Kaffeetasse ab und schaute mir in die Augen.

„Carina, mir ist es egal wie und wann Du den Roman fertigstellst. Vielleicht versuchst Du aber trotzdem weiter mit Jörg zu arbeiten. Frag ihn doch einfach nach der Frau", sagte er und trank einen Schluck.

„Vielleicht hast Du Recht Stefan! Es wäre schade, wenn ich den Roman verwerfen würde. Er hat wirklich Potential."

„Hast Du vielleicht noch ein Glas Wein für mich?" fragte Stefan. „Zuviel Kaffee macht mich zu rappelig."

Ich lachte. „Natürlich, rot oder weiß?"

„Ich mag lieber Rotwein", antwortete Stefan und stand auf, um mir beim Entkorken zu helfen.

„Ich habe einen spanischen Merlot!" sagte ich und holte zwei Gläser aus dem Schrank. „Ich glaube ich trinke auch noch ein Glas!"

Es war fast Mitternacht als Stefan ging und plötzlich mein Telefon klingelte. Ich ließ den Anrufbeantworter anspringen. Ich verabschiedete Stefan an der Tür. Er gab mir einen leichten Kuss auf den Mund und sagte:

„Es war ein wunderschöner Abend für mich. Gute Nacht Carina!"

Ich ging zurück ins Wohnzimmer um nachzuschauen, wer so spät noch angerufen hatte. Es war Jörg. Ich hörte die Nachricht ab: „Hallo

Carina. Sorry, dass ich mich nicht gemeldet habe. Ich hatte heute Abend einen wichtigen Termin mit einem Kollegen. Ich melde mich morgen! Gute Nacht."

Kollege! Ich war enttäuscht und fühlte mich hintergangen.

Ich schlief schlecht in dieser Nacht und hatte am nächsten Morgen Migräne. Ich blieb im Bett, verdunkelte das Zimmer und wartete bis der hämmernde Kopfschmerz nachließ.

Am Mittag war ich durch die Einnahme einer starken Schmerztablette einiger maßen wieder hergestellt. Ich stand auf und machte mir eine Kleinigkeit zu Essen. Der Anrufbeantworter blinkte. Ich hatte mehrere Nachrichten bekommen. Leon wollte abends vorbeikommen. Er hätte mir etwas Wichtiges zu sagen. Stefan hatte sich noch einmal für den schönen Abend bedankt und Jörg hatte nur: „Keiner da?" gefragt und gleich wieder aufgelegt.

Ich zog meine Laufschuhe an und ging an die frische Luft. Ich wollte in den nahegelegenen Park. Heute sollte es nur Walking werden. Für Jogging fühlte ich mich nicht fit genug.

Ich ging bis zur Mitte des Parks, wo sich ein kleiner Teich befand. Hier setzte ich mich auf eine Bank und beobachtete eine Entenfamilie mit ihrem Nachwuchs. Ich war deprimiert und enttäuscht, dass ich schon wieder auf Jörg hereingefallen war.

Er hatte mich doch in Kenia schnell vergessen, auch wenn er dort wahrscheinlich wirklich krank geworden war. Aber er hatte sich sicher schnell getröstet. Dass er mir jetzt die große, wiedergefundene Liebe vorspielte, verletzte mich zutiefst. Ich musste an Georg denken und mir wurde erst jetzt so richtig klar, wie liebevoll und zuverlässig er war. Mir kamen die Tränen.

Ich blieb noch eine Weile sitzen, um dann nochmal bis zum anderen Ende des Parks zu walken. Danach war ich erschöpft und ging langsam wieder nach Hause.

Was Leon mir dann am Abend eröffnete, ließ mich gleich auf die nächste Migräne Attacke warten.

Er war die ganze Zeit, nachdem er sich auf meine Couch gesetzt hatte, unruhig darauf herumgerutscht und hatte mir dann mitgeteilt, dass er sein Medizin Studium geschmissen hatte.

Ich musste das erstmal begreifen. Er war schon wochenlang nicht mehr zu den Vorlesungen gegangen! Stattdessen hatte er im Sommer bei seinem Freund im Restaurant eine Koch Ausbildung begonnen. Ich war wie vor den Kopf geschlagen und meine Migräne meldete sich wieder.

„Ich wollte es Dir schon so lange sagen, aber nach Papas Tod wollte ich Dich nicht damit belasten. Ich habe das Studium sowieso nur wegen ihm begonnen. Ich wollte schon immer Koch werden!"

„Aber Du hättest es mir sagen müssen und nicht einfach alles hinschmeißen dürfen. Ich kann es gar nicht glauben, dass Du mich so lange belogen hast!" Ich war enttäuscht.

Er rutschte näher an mich heran und legte seinen Arm um meine Schulter.

„Das ist der Job den ich liebe. Mein Freund hat ein richtig gutes Restaurant und viele Stammgäste. Das ist kochen auf hohem Niveau. Und kein Imbiss! Komm doch mal vorbei. Es wird Dir gefallen!" sagte Leon und schaute mich begeistert an.

„Wenn ich geahnt hätte, dass Du dort als Koch angefangen hast, wäre ich schon längst dagewesen. Ich dachte immer Du kellnerst dort nur um dein Studium zu finanzieren." Ich stand auf und holte mir ein Glas Wasser und eine Kopfschmerztablette.

„Hast Du wieder Migräne?" fragte Leon und schaute mitleidig.

„Ja, aber die hatte ich schon heute Morgen. Also nicht nur Deine schuld!" Ich musste lächeln, denn Leon machte ein schuldbewusstes Gesicht.

„Ich bin froh, dass Du es mir jetzt gesagt hast. Ich hoffe, dass Du Deine Entscheidung, nicht weiter Medizin zu studieren, nicht irgendwann einmal bereust."

„Danke Mama. Ich bin froh, dass Du es so aufnimmst!"

„Was soll ich denn machen? Ihr seid erwachsen, Pia und Du. Ihr seid für euer Leben jetzt selbst verantwortlich. Ich bin raus aus der Nummer!"

Leon musste wieder los und verabschiedete sich von mir. Er drückte mich und gab mir einen Kuss auf die Wange.

„Ciao Mama. Du bist die Beste!" sagte er und schloss die Tür hinter sich.

Ob ich die beste Mutter war, wusste ich nicht, auf jeden Fall eine sehr stolze Mutter. Natürlich hätte ich mir gewünscht, dass Leon in Georgs Fußstapfen trat. Aber ich konnte Leon auch verstehen. Er hatte nie gewagt etwas anderes zu studieren, weil er seinen Vater nicht enttäuschen wollte.

Ich nahm mir vor, wenn es mir wieder besser ging einmal in dem Restaurant zu essen, wo Leon den Kochlöffel schwang.

Zuhause hatte er sich noch nicht mal ein Rührei gemacht. So ändern sich die Zeiten.

Die nächsten Tage hatte ich viel damit zu tun weitere Informationen, die mir Jörg als Datei zugeschickt hatte, zu sortieren und mit Notizen zu machen. Telefoniert hatten wir immer noch nicht. Er hatte mir nur diese Mail mit der Datei geschickt und sich entschuldigt, dass er im Moment aus beruflichen Gründen sehr eingespannt war.

Ich konnte mir gut vorstellen, wer ihn so viel Zeit kostete. Aber ich hatte keine Lust es weiter zu hinterfragen. Ich wollte gar nicht wissen, warum er sich so verhielt. Ich wollte nicht noch mehr enttäuscht werden.

Am nächsten Wochenende rief mich Stefan an und wollte wissen, ob wir zusammen laufen könnten.

Wir trafen uns am Rheinufer und liefen diesmal in die andere Richtung. Nach ein paar Kilometern kamen wir an einem Biergarten vorbei.

„Hast Du Lust etwas zu trinken?" fragte Stefan und deutete auf zwei freie Plätze an einem kleinen Tisch.

Wir setzten uns in den Schatten und bestellten Wasser und Apfelsaft.

Stefan nahm seine Sonnenbrille ab und wischte sich mit einem Taschentuch über das Gesicht.

„Ich geh mich auch mal etwas frisch machen!" sagte ich und steuerte auf die Waschräume zu.

Als ich wieder an den Tisch kam, sagte Stefan: „Du machst in dem Sportdress eine tolle Figur. Du siehst überhaupt wunderschön aus."

Ich wurde tatsächlich etwas rot. Stefan hatte mir bisher nie solche Komplimente gemacht. Ich war verlegen, als ich mich wieder neben ihn setzte.

Ich trank von meinem Apfelsaft und schaute Stefan von der Seite an. Warum war mir bisher nicht aufgefallen wie attraktiv er war. Er hatte schon leicht graue Schläfen und eine gesunde Bräune. Seine Augen waren eine Mischung aus blau und grün und selbst seine Hornbrille stand ihm ausgezeichnet. Er war bestimmt einen Kopf größer als ich und sehr durchtrainiert. Das war mir beim letzten Mal schon aufgefallen.

„Und? Bin ich durch die Gesichtskontrolle gekommen oder leider doch durchgefallen?" fragte er und lachte.

Jetzt wurde ich richtig verlegen. Ich versuchte mir umständlich die Schnürsenkel der Laufschuhe zu binden um davon abzulenken.

„Du bist gemein!" sagte ich und musste trotzdem lachen.

„Ich bin nicht gemein. Ich bin verliebt!" sagte Stefan und ich bekam jetzt wirklich einen roten Kopf.

„Du brauchst nicht nervös zu werden. Du bist so eine schöne, intelligente Frau." Er nahm eine meiner blonden Locken und wickelte sie um seinen Finger. Das fühlte sich unheimlich erotisch an.

„Stefan, lass mir bitte etwas Zeit. Ich bin im Moment nicht in der Lage, meine Gefühle zu beschreiben. Ich habe nie geahnt, dass Du in mir mehr, als nur eine Deiner Schriftstellerinnen siehst!"

Stefan trank sein Wasser und stellte das leere Glas wieder auf den Tisch. Er tauschte seine Hornbrille gegen die Sonnenbrille aus und nahm meine Hand.

„Ich will Dich auf gar keinen Fall bedrängen. Ich habe so lange auf Dich gewartet. Da kommt es jetzt auf ein paar Wochen nicht an!" Er küsste meine Fingerspitzen und rief dann der Kellnerin zu, dass er zahlen wollte.

Wir liefen wieder zurück zu dem Parkplatz, wo wir unsere Autos abgestellt hatten. Zum Abschied nahm Stefan mich in der Arm und flüsterte mir uns Ohr: „Habe ich überhaupt eine Chance bei Dir?"

Ich nickte und in diesem Moment meinte ich es ehrlich. Ich fühlte mich sehr wohl in seiner Nähe.

Stefan beugte sich zu mir hinunter und küsste mich. Ich war überrascht und ließ es einfach geschehen.

Als ich in mein Auto stieg, winkte ich Stefan zu. Ich war froh, dass er nicht merkte, wie meine Beine zitterten.

Wir sahen allerdings nicht den Mann, der ungläubig diese Szene beobachtete. Es war Jörg, der etwas abseits stand und gerade aus seinem Auto steigen wollte.

Am Wochenende kam Pia zu Besuch. Eigentlich wollte sie zu Tom, wohnte aber bei mir. Ich sah sie leider nur wenig. Die Beiden waren in kurzer Zeit unzertrennlich geworden. Ich war froh, dass Pia nicht allein und traurig in ihrer Wohnung saß, wo Mike nach und nach seine Sachen ausräumte.

Ich versuchte weiter an dem Roman zu arbeiten und kam ganz gut weiter. Trotzdem hätte ich an der ein-oder anderen Stelle die Hilfe von Jörg gebraucht. Aber er meldete sich nicht. Wahrscheinlich war die andere Frau wichtiger. Ich rief ihn ein paar Mal zuhause und einmal in der Praxis an. Seine Sekretärin ließ mir ausrichten, dass er keine Zeit hätte.

So musste ich improvisieren und hatte trotzdem schon sechs Kapitel geschrieben. Heute las ich sie mir noch einmal durch und war sehr zufrieden. Das könnte ein Erfolg werden. Das erste Mal konnte ich mich mit den Figuren identifizieren, weil ich selbst ein Teil der Geschichte war.

Am nächsten Wochenende fuhr ich nochmal zu Jörgs Haus. Als ich klingelte war ich sehr nervös und sehr erstaunt als mir eine gutaussehende Frau in den Sechzigern die Tür öffnete.

„Ich wollte zu Dr. Bischoff", sagte ich. „Ist er zu sprechen?"

„Oh, das tut mir leid! Er ist letzte Woche ausgezogen. Mein Mann und ich sind von unserer Weltreise zurück. Dr. Bischoff ist erstmal in ein Hotel gezogen. Er wollte nicht weiter hier wohnen, obwohl genug Platz wäre", sagte die Frau.

„Danke für die Auskunft. Er hat mir gar nichts gesagt!" Ich war sehr verwirrt und verabschiedete mich von der Hausbesitzerin.

Auf der Fahrt nach Hause musste ich an die Zeit denken, als Jörg damals abgeflogen war und sich nicht mehr gemeldet hatte. Das war wieder so eine Situation. Er hatte sich nicht geändert.

Am Sonntagabend, als Pia wieder nach Hause gefahren war, rief ich Stefan an.

Ich erzählte ihm, dass ich Jörg telefonisch nicht erreichen kann und dass auch seine Adresse nicht mehr stimmt.

„Ich hätte noch ein paar Fragen an ihn gehabt. Aber ich kann den Roman auch ohne ihn zu Ende schreiben. Es wäre nur besser gewesen, wenn ich mehr über seine Gefühle bei den Erlebnissen erfahren hätte. Aus seiner Datei gehen leider nur die Fakten hervor. Mich interessieren aber die Dinge dahinter. Und die Leser sicherlich auch.

„Das ist ja komisch, dass er einfach so den Kontakt abgebrochen hat", sagte Stefan.

„Das hat sicher etwas mit der Frau aus dem Restaurant zu tun. Seitdem ich ihn vor seinem Haus und an dem Abend mit Dir gesehen habe, hat er sich nur einmal kurz gemeldet!" Ich seufzte.

„Er ist sicher nicht mehr der junge Mann aus Deiner Jugendzeit. Wer weiß, wie er sich in den letzten Jahren verändert hat. Sei nicht traurig!"

„Du kannst in der nächsten Woche mal vorbei kommen. Ich würde gern Deine Meinung zu dem Roman wissen. Wann hast Du Zeit!" fragte ich Stefan.

„Ich komme morgen Abend, wenn es Dir Recht ist!" sagte Stefan.

„Soll ich uns etwas kochen?" fragte ich und Stefan antwortete erfreut: „Gern! Ich freue mich!"

Am nächsten Tag ging ich einkaufen und bereitete für abends ein italienisches Gericht vor. Es gab Kalbs Involtini und ein Risotto. Ich hatte Lust wieder einmal etwas Schönes zu kochen. Für mich allein machte es mir keinen Spaß.

Stefan war pünktlich und brachte eine Flasche Champagner mit. Sie war gekühlt und ich goss uns gleich jedem ein Glas ein.

Als wir anstießen sagte Stefan: „Danke für die Einladung. Ich war heute den ganzen Tag richtig aufgeregt." Er lächelte und hob sein Glas: „Auf uns!"

Ich musste einen kurzen Augenblick an Jörg denken und an unseren ersten Abend hier in meiner Wohnung. Wo war er denn nur?

Ich trank einen Schluck und ging in die Küche.

„Es riecht verführerisch. Und Du siehst toll aus." Stefan kam zu mir in die Küche und stellte sich neben mich. „Kann ich Dir etwas helfen?"

„Du kannst mir nur Gesellschaft leisten. Eigentlich ist fast alles fertig." Ich rieb den Parmesan für das Risotto und drehte die Involtini in der Pfanne.

„Du könntest schon einmal die Teller vom Tisch nehmen und mir in die Küche bringen. Außerdem wäre es nett, wenn Du den Wein öffnen könntest", forderte ich Stefan auf.

Er stellte die Teller auf die Arbeitsplatte und ich verteilte die Speisen. Stefan öffnete die Rotweinflasche und füllte die Gläser. Als wir uns an den Tisch setzten, sagte er: „Das sieht aus wie in einem italienischen Restaurant. Jetzt weiß ich auch vom wem Leon sein Talent für das Kochen geerbt hat!"

Ich hatte ihm erzählt, dass Leon sein Studium geschmissen hatte. Stefan fand, dass er das Richtige gemacht hatte.

„Was willst Du mit einem Arzt, der nicht mit Leib und Seele seinen Job macht. Das war bei Jörg und Georg etwas anderes. Die brannten für ihre Arbeit!"

„Da hast Du Recht, aus dieser Perspektive habe ich das noch gar nicht gesehen!" Ich musste zugeben, dass Leon wahrscheinlich wirklich ein besserer Koch würde.

Das Essen war köstlich. Es schmeckte mir selbst! Wahrscheinlich lag es auch an Stefans Gesellschaft. Wir unterhielten uns eine ganze Weile, als Stefan plötzlich sagte: „Das ist der schönste Abend seit meiner Scheidung. Weißt Du eigentlich, dass meine Tochter Svenja den Kontakt zu mir abgebrochen hat. Meine Ex hat sie so gegen mich aufgebracht, dass sie keinen Kontakt mehr möchte. Sei froh, das Deine Kinder so oft hier sind!"

„Warum hat Deine Ex Frau denn so eine Wut auf Dich?" wollte ich wissen.

„Weil ich sie nie geliebt habe. Wir haben damals nur geheiratet, weil Svenja unterwegs war. Sie hat unserer Tochter eingeredet, dass ich sie auch nicht lieben würde. Aber das stimmt nicht. Ich liebe und vermisse sie sehr."

Ich war erstaunt, dass Stefan so offen mit mir redete. Persönliche Dinge über ihn wusste ich fast gar nicht.

„Hast Du denn versucht Deine Tochter einfach mal zu besuchen. Oder meinst Du, sie würde Dir gar nicht die Tür öffnen?" fragte ich.

„Svenja ist vor einem Jahr in eine eigene Wohnung gezogen. Ich habe noch nicht einmal ihre Adresse.

Sie hat mir durch ihre Mutter ausrichten lassen, dass sie mich nicht sehen will!" Stefan sah müde und traurig aus.

„Das tut mir sehr leid. Aber glaube mir, irgendwann wird sie wieder den Kontakt suchen!" versuchte ich ihn zu trösten.

„Sie war erst zehn, als ich mich von ihrer Mutter getrennt habe. Manuela, meine Ex hatte zehn Jahre Zeit, sie zu manipulieren." Stefan wirkte resigniert.

Ich goss uns noch einen Wein ein und lenkte das Thema jetzt auf den Roman.

Ich berichtete ihm noch einmal genau, dass Jörg für mich nicht zu erreichen war. Er ging nicht an sein Telefon, in der Praxis blockte mich die Sekretärin ab und wo er jetzt wohnte, wusste ich auch nicht.

„Er ist fast wie abgetaucht. Ich muss den Roman allein zu Ende bringen. Ich habe die ersten Kapitel schon einmal für Dich ausgedruckt. Du liest ja lieber vom Papier als am Computer!"

Ich reichte Stefan den Stapel Papier. Er nahm ihn und sein Glas und setzte sich auf die Couch. Ich brachte das Geschirr aus dem Esszimmer in die Küche und stellte alles in die Spülmaschine. Dann holte ich mein Weinglas und setzte mich neben Stefan.

Er hatte schon einige Seiten gelesen und die einzelnen Blätter dann auf den Tisch gelegt.

Gelegentlich nickte er zustimmend oder lächelte. Das war ein gutes Zeichen!

Nach einer Weile schaute er hoch und sah mir direkt in die Augen.

„Carina, das wird Dein bester Roman. Ich bin förmlich mit in Kenia. So anschaulich und voller Emotionen war bisher keines Deiner Bücher. Obwohl sie auch gut waren. Das hier wird ein voller Erfolg!" Stefan legt das letzte Blatt auf den Tisch.

„Ich habe es selbst auch schon gespürt!" sagte ich und freute mich über Stefans Worte.

Er beugte sich jetzt zu mir herüber und küsste mich leicht auf den Mund. Ich erwiderte den Kuss, aber ich konnte nicht abschalten. Ich löste mich von ihm und rückte etwas von ihm ab.

„Entschuldige Carina, ich wollte Dich nicht bedrängen!" Stefan schaute unglücklich und stand auf.

„Ich glaube ich gehe jetzt nach Hause. Danke, dass ich das Manuskript schon lesen durfte. Und auch vielen Dank für das köstliche Essen!"

Ich wollte ihn zuerst aufhalten, aber stand dann ebenfalls auf und brachte ihn zur Tür.

„Es war ein sehr schöner Abend Stefan! Komm gut nach Hause. Ich melde mich, wenn ich das nächste Kapitel geschrieben habe!" Ich lächelte ihn an.

Er nahm meine Hand und sagte leise: „Es fällt mir sehr schwer, jetzt zu gehen. Ich möchte Dich im Arm halten und bei Dir sein. Aber ich verstehe, dass es im Moment alles zu viel für Dich ist. Melde Dich bald. Gute Nacht!"

Als er gegangen war, musste ich noch an das Gespräch über Stefans Tochter denken. Es quälte ihn sehr, dass sie keinen Kontakt suchte. Das konnte man ihm deutlich ansehen.

Ich hatte einen guten Freund bei der Polizei. Er hatte mir einmal sehr bei Recherchen für einen Roman geholfen, der im Polizei Milieu spielte. Vielleicht könnte er die Adresse von Stefans Tochter heraus bekommen. Ich wollte ihn am nächsten Tag anrufen.

Als ich im Bett lag konnte ich nicht einschlafen. Warum konnte ich Jörg nicht erreichen? War ihm die andere Frau so wichtig, dass er mich gar nicht mehr sehen wollte? Warum ging er noch nicht mal an sein Telefon? Es wäre fair gewesen mir wenigstens zu sagen, dass er nicht mit mir zusammen sein wollte.

Auch der Roman, der ihn so interessiert hatte, war ihm anscheinend vollkommen egal.

Ich wollte ihm aber auch nicht nachlaufen. Es würde wahrscheinlich genauso schnell wieder vorbei sein, wie es begonnen hatte. Man konnte Jörg nicht festhalten.

Ich schlief schlecht in dieser Nacht. Immer wieder wurde ich wach und ich musste an die letzten Wochen denken. Ich war so glücklich, dass ich Jörg wiedergefunden hatte. Natürlich ging alles viel zu schnell. Ich konnte und wollte mich nicht gleich wieder bedingungslos auf ich einlassen. Aber es war doch wunderschön mit uns und ich hatte Jörg geglaubt, als er mir gesagt hat, dass er mich liebt.

Am nächsten Morgen war ich wie gerädert. Trotzdem setzte ich mich am den Computer und versuchte weiter zu schreiben. Bei jedem Satz wusste ich natürlich an Jörg denken.

„Sei professionell!" sagte ich zu mir selbst und schaffte es tatsächlich ein paar Seiten zu schreiben.

Ich hatte die Story so aufgebaut, dass es einen Rückblick auf seine Zeit in Deutschland gab. Dort hatte er seine große Liebe wegen der Arbeit in Afrika verlassen. Soweit war das unsere Story. Jetzt schrieb ich gerade über die Zeit, als Jörg nach überstandener Erkrankung wieder in das Hospital nach Nakuru zurück gebracht wurde. Den Namen seiner damaligen kenianischen Freundin änderte ich, denn auch nach ihrem Tod, sollte keiner von ihrer HIV Infektion wissen. Man weiß ja nie wer das Buch einmal liest.

Ich kam irgendwie nicht weiter. Meine Gedanken drehten sich im Kreis und ich schaltete den PC aus.

Ich zog mich an und fuhr zu dem Restaurant, in dem Leon seine Ausbildung zum Koch machte. Ich parkte etwas entfernt in einer Seitenstraße. In der Mittagszeit war das Restaurant gut besucht. Ein Kellner fragte mich, ob ich einen Tisch reserviert hätte. Da ich mich spontan entschlossen hatte, musste ich eine Weile an der Bar warten, bis ein Tisch frei wurde.

Ein junger gutaussehender Mann sprach mich an: „Sind sie nicht Leons Mutter? Ich glaube, wir haben uns einmal bei einer Feier in ihrem Haus gesehen!"

„Dann sind sie David? Leon hat mir schon erzählt, dass sie ihm diese Ausbildung hier in ihrem Restaurant ermöglicht haben!"

„Leon und ich kennen uns seit ein paar Jahren. Wir haben früher oft zusammen Badminton gespielt. Während Leons Studienzeit leider nur noch seltener. Ich habe dann hier dieses Restaurant übernommen. Eines Abends war Leon mit einer Freundin hier essen. Danach war er öfter hier, anfangs um als Kellner zu jobben. Später weil er sich wirklich als Koch bewerben wollte", sagte David.

Ich lächelte. David hatte anscheinend ein schlechtes Gewissen. Er dachte wohl, ich wäre böse, weil er ihn zu der Ausbildung zum Koch überredet hatte. Aber Leon war erwachsen und wenn er etwas wollte, brauchte ihn Keiner zu überreden.

„Wenn es Leons Wunsch ist, Koch zu werden respektiere ich es. Er muss sein Leben lang diesen Beruf ausüben. Wenn er meint, dass ist sein Traumjob, dann muss er das machen!"

David nickte zustimmend und brachte mir ein Glas Sekt aufs Haus. In der Zwischenzeit war auch ein Tisch frei geworden und ein Kellner brachte mir die Speisekarte.

Ich wählte ein leichtes Fischgericht und trank einen Schluck von dem Sekt. Nach einer Weile brachte mir Leon mein Essen. David hatte ihm anscheinend gesagt, dass ich heute als Gast da war.

„Guten Appetit Mama. Ich hoffe Dir schmeckt, was ich gekocht habe!" Er sah sehr stolz aus.

„Das wird es bestimmt mein Schatz. Du weißt schon, dass Du demnächst auch mal zuhause für mich kochen musst!" Ich lachte und probierte den Fisch.

„Schmeckt köstlich!" sagte ich. Es war wirklich sehr lecker.

Leon musste wieder in die Küche und versprach mir, dass er sich in den nächsten Tagen melden wollte.

Nach dem Essen trank ich noch einen Espresso und wollte dann bezahlen. Der Kellner berichtete mir, dass ich heute Gast des Hauses sei. Also gab ich ihm nur ein Trinkgeld und bedankte mich bei David, der hinter der Bar beschäftigt war.

„Sehr gerne Frau Groß! Ich hoffe es hat Ihnen bei uns gefallen!"

„Es war sehr schön und das Essen ein Traum", antwortete ich und zwinkerte ihm zu.

Ich fuhr auf dem Weg nach Hause durch die Straße in der Jörgs Praxis war. Eigentlich war es ein Umweg, aber ich wollte noch einmal versuchen Jörg zu sprechen.

Nachdem die Sekretärin mir die Tür geöffnet hatte, musste ich eine Weile warten, weil vor mir noch ein Patient einen Termin ausmachen wollte.

Auf einmal kam Jörg aus dem Sprechzimmer, wo wir damals mit Georg unser Gespräch hatten. Als er mich sah, kam er auf mich zu und zog mich in ein kleines Zimmer direkt neben der Anmeldung.

„Was machst Du hier?" wollte er wissen.

„Ich wollte mit Dir reden. Du gehst ja nicht an Dein Telefon und wo Du jetzt wohnst weiß ich auch nicht!" sagte ich und hoffte das Jörg mich endlich aufklärt.

„Carina, ich habe keine Zeit. Für Dich nicht und auch nicht für den Roman. Du schaffst das auch ohne meine Hilfe. Hast Du ja bisher auch hinbekommen!"

Er schaute mich gar nicht richtig an und war sehr unfreundlich.

„Was hab ich Dir denn getan, oder hat das etwas mit der Frau zu tun, mit der ich Dich zuletzt gesehen habe!" wollte ich wissen.

„Das geht Dich nichts an. Es war ein Fehler zu glauben, wir könnten noch einmal von vorne anfangen. Und jetzt entschuldige mich, ich habe zu tun!" Damit war das Gespräch für ihn beendet. Er ließ mich einfach stehen und ging in das Nebenzimmer.

Ich wusste nicht was ich tun sollte. Ich war geschockt von seiner Reaktion und den Tränen nahe. Ich verließ fluchtartig die Praxis ohne mich von der Sekretärin zu verabschieden. Als ich im Auto saß, beruhigte ich mich langsam.

Was sollte das? Ich verstand die Welt nicht mehr. So musste ich mich nicht behandeln lassen. Ich hatte doch nichts Falsches gemacht.

Als ich zuhause angekommen war, rief ich Steffi, meine frühere Nachbarin und Freundin an.

Steffi freute sich sehr, dass ich mich meldete und war auch gleich bereit, sich am nächsten Tag mit mir zu treffen. Ich brauchte jetzt einen Menschen, mit dem ich reden konnte.

Am nächsten Morgen fuhr ich erst einmal wieder auf den Friedhof. Ich schüttete Georg in Gedanken mein Herz aus.

„Ich vermisse Dich so. Mit Dir war alles so leicht und auf Dich konnte ich mich immer verlassen", sagte ich laut.

Eine alte Frau, die gerade am Grab nebenan die Blumen goss, schaute zu mir hoch und sagte: „Er war noch sehr jung, nicht wahr? Sie aber auch. Das Leben geht für uns alle, die zurückbleiben, weiter! Alles Gute für Sie!"

Ich konnte nur nicken. Ich wusste was sie meinte, es tat aber trotzdem weh.

Ich blieb noch eine Weile am Grab und machte mich dann auf den Weg in die Stadt, um mich dort mit Steffi zu treffen.

Steffi winkte mir schon von weitem, als sie mich sah. Ich setzte mich zu ihr an den Tisch des Cafés, wo wir uns schon öfter verabredet hatten.

„Schön Dich zu sehen!" sagte Steffi und umarmte mich.

„Was ist denn los Carina. Du siehst schlecht aus. Hast Du Probleme?" wollte sie wissen.

Ich berichtete ihr was in den letzten Tagen geschehen war. Auch von meinem Besuch in Jörgs Praxis und wie er sich verhalten hatte.

„Hast Du ihn in irgendeiner Weise beleidigt oder hat er Grund zur Eifersucht?" fragte Steffi.

„Nein, überhaupt nicht. Ich müsste eigentlich enttäuscht sein, weil er sich ja mit dieser anderen Frau trifft. Er hat mir aber gesagt, dass ginge mich nichts an. Ich verstehe das nicht!"

„Soll ich mich mal etwas umhören?" fragte Steffi.

„Das ist lieb gemeint, aber ich möchte ihm nicht hinterher spionieren. Ich brauchte einfach mal Jemanden zum Reden. Das hat schon gut getan."

„Du kannst mich jederzeit anrufen Carina, dass weißt Du doch. Ich hoffe für Dich, dass nur ein Missverständnis dahinter steckt. Dieser Jörg ist ein sehr netter Mann und ich hatte den Eindruck, dass er sehr verliebt in Dich ist!"

„Den Eindruck hatte ich auch. Aber so kann man sich täuschen." Ich war ratlos und verabschiedete mich von Steffi.

„Ich hoffe, dass sich alles wieder aufklärt. Ruf mich an, wenn Du meinen Rat oder Hilfe brauchst!"

Wir umarmten uns und ich fuhr erschöpft nach Hause. Ich wollte nichts mehr hören und sehen.

Ein paar Tage später hatte ich in der Nacht wieder einen Migräneanfall. Ich hatte auch früher schon häufig damit Probleme, wenn ich Stress hatte.

Diesmal war es so schlimm, dass ich dachte mein Kopf explodiert. Ich musste mich mehrfach vor Schmerzen übergeben. Ich rief Leon an, der auch sofort kam und mich in die Notfallambulanz des nächstgelegenen Krankenhauses brachte.

Die Krankenschwester brachte mich in einen abgedunkelten Raum und sprach mit einer Ärztin. Sie empfahl, mir eine Infusion mit einem schmerzlindernden Mittel zu geben. Ich konnte die Augen nicht aufmachen. Selbst das Licht tat weh.

Ich spürte, wie mir eine Kanüle gelegt wurde. Die Krankenschwester sprach beruhigend auf mich ein: „Es geht Ihnen gleich besser. Das Mittel wirkt schnell!"

Und tatsächlich, nach einer Weile ließen die Schmerzen nach und ich konnte mich schon wieder in dem Raum umsehen. Die Krankenschwester räumte die Ablage ab und desinfizierte den Tisch. Die Ärztin saß an einem kleinen Schreibtisch und machte Notizen. Ich schloss noch einmal die Augen. Als ich sie wieder öffnete, stand die Ärztin an der Liege und fragte: „Wie fühlen Sie sich. Lässt der Schmerz langsam nach?"

In diesem Moment erkannte ich sie. Es war die Frau, die ich zusammen mit Jörg gesehen hatte. Sie war also auch Ärztin!

Auf ihrem Namensschild stand:

Dr. Silvia Frankenbach

„Es geht mir schon deutlich besser. Vielen Dank!" sagte ich.

„Die Infusion läuft noch etwa dreißig Minuten. Ich sehe gleich noch einmal nach Ihnen", sagte die Ärztin und verließ das Zimmer.

Als sie etwas später wieder in den Raum kam, fragte sie mich nach meinen Personalien für ihre Unterlagen. Als ich ankam konnte ich ihr keine Angaben über meine Versicherung machen und Leon hatte auch keine Ahnung.

„Darf ich sie auch etwas fragen?" sagte ich.

„Natürlich, was wollen Sie denn wissen?" fragte sie.

„Kann es sein, dass ich sie des Öfteren mit Dr. Bischoff gesehen habe?" Ich wartete gespannt auf die Antwort.

„Mit Jörg! Ja das kann sein. Wir kennen uns von früher!" sagte Dr. Frankenbach. „Warum wollen Sie das wissen?"

„Ich bin auch mit ihm befreundet und frage mich, warum er sich in letzter Zeit, seitdem ich ihn mit Ihnen gesehen habe, nicht mehr meldet!"

„Das müssen Sie ihn schon selber fragen!" sagte sie. „Aber so viel kann ich sagen, wir sind kein Paar!" Sie lächelte.

Sie verabschiedete sich, weil sie zu einem anderen Patienten gerufen wurde.

Die Krankenschwester befreite mich von der Infusion und Leon brachte mich wieder nach Hause. Es ging mir deutlich besser, vielleicht auch weil ich erfahren hatte, dass Jörg und Dr. Frankenbach kein Liebespaar waren. Aber warum machte er dann so ein Geheimnis daraus? Ich war so schlau wie vorher.

Am nächsten Tag rief ich Thomas Burger an. Er war der Polizist, der mir vor ein paar Jahren bei den Recherchen für einen Roman geholfen hatte.

„Mensch Carina, das ist ja eine Überraschung! Wie geht es Dir?" wollte er wissen.

Ich erzählte ihm, dass Georg gestorben war, und dass ich seine Hilfe brauchte.

„Das tut mir sehr leid. Ich habe Deinen Mann ja auch mal kennengelernt. Weißt Du noch?"

„Natürlich kann ich mich daran erinnern. Du bist mit Unform bei uns aufgetaucht. Georg hatte gedacht, ich oder die Kinder, hätten etwas ausgefressen!"

Ich musste lächeln als ich an die Situation dachte.

„Was kann ich denn für Dich tun Carina?" fragte Thomas.

„Ich brauche Deine Hilfe. Ich bin auf der Suche nach einer Adresse. Die junge Frau heißt Svenja Schröder. Sie ist die Tochter meines Verlegers. Ich glaube ihre Mutter hat ihr ganz schlimme Dinge, die nicht stimmen, über ihren Vater erzählt. Jetzt hat sie den Kontakt abgebrochen. Er hatte nie eine Chance ihr seine Version zu erzählen!" sagte ich.

„Du weißt, dass ich das eigentlich nicht darf!" sagte Thomas. „Ich schaue trotzdem, was ich für Dich tun kann! Kommst Du morgen aufs Revier. So um siebzehn Uhr?"

„Natürlich. Danke Thomas. Ich hoffe Du findest etwas heraus! Bis Morgen!" antwortete ich.

Als ich aufgelegt hatte, sah ich, dass ich einen Anruf in Abwesenheit hatte. Es war Pia. Ich rief sie direkt zurück.

„Hi Mama, schön das Du Dich gleich meldest!" sagte Pia aufgeregt.

„Es gibt eine wunderbare Neuigkeit! Ich habe nächste Woche ein Vorstellungsgespräch im Elisabeth Krankenhaus!"

„Das ist ja super! Siehst Du, es regelt sich alles von allein, wenn man mal in Ruhe darüber nachdenkt! Ich freue mich sehr für Dich."

„Wenn es klappt, dann ziehe ich wieder zurück nach Bonn. Vielleicht in Deine Nähe!" sagte Pia.

„In meine Nähe oder die von Tom?" fragte ich und Pia lachte laut.

„In eure Nähe! Drück mir die Daumen, dass es klappt!"

„Ich drücke sie Dir ab heute bis nächste Woche!"
sagte ich und wir verabschiedeten uns, weil Pia
noch zu einer Freundin wollte.

Das war wirklich eine schöne Neuigkeit. Vielleicht
hatte ich bald wieder beide Kinder in meiner Nähe.

Am nächsten Tag machte ich mich auf den Weg
zum Polizeirevier in der Innenstadt. Thomas Burger
wartete schon auf mich und begrüßte mich herzlich.

„Was macht die Arbeit, wann gibt es wieder einen
neuen Roman von Dir?" wollte er gleich wissen.

„Ich komme im Moment nicht weiter. Aber ich hoffe,
dass ich bald wieder weiter schreiben kann. Zurzeit
fehlt mir die notwendige Motivation. Hast Du etwas
herausgefunden?"

„Du fällst immer noch direkt mit der Tür ins Haus!"
sagte Thomas und lachte.

„Ich darf Dir eigentlich nichts sagen. Aber ich lasse
gleich einfach ein Stück Papier auf dem Tisch
liegen. Wenn Du es Dir einfach nimmst, kann ich ja
nichts dafür!" Er grinste und zwinkerte mir zu.

„Du bist wirklich ein Schatz!" sagte ich. „Darf ich
Dich dann demnächst mal auf ein Bier einladen?"
wollte ich wissen.

„Lieber auf zwei Bier!" sagte er.

Das Telefon klingelte und er musste dran gehen. Er
nahm während des Gesprächs einen kleinen Zettel

auf seiner Brusttasche und schob es zu mir rüber. Danach drehte er sich kurz weg und ich steckte das Papier schnell in meine Handtasche.

Nachdem er das Telefonat beendet hatte mussten wir uns auch schon verabschieden. Er hatte einen Einsatz.

„Danke nochmal Thomas. Ich rufe Dich an und dann gehen wir mal was zusammen trinken! Pass auf Dich auf!" sagte ich und verließ sein Büro.

Auf der Straße nahm ich den Zettel aus der Tasche und las was Thomas geschrieben hatte. Svenja, Stefans Tochter, wohnte in einem Vorort, ungefähr zwanzig Kilometer entfernt.

Ich hatte nicht anderes zu tun und fuhr zu der angegebenen Adresse. Es war ein hübscher Altbau in einer Sackgasse. Ich stieg aus und studierte die Klingelschilder. Und tatsächlich wohnte eine Svenja Schröder hier im Dachgeschoss. Ich freute mich sehr, dass ich Stefan die Adresse geben konnte. Was er daraus machte war dann seine Sache.

Ich fuhr auf dem Heimweg noch am Verlag vorbei. Als ich in Stefans Büro trat, schaute er erstaunt von einem Manuskript hoch.

„Carina, wie schön. Was machst Du hier?" Er stand auf und kam auf mich zu, drückte mich und küsste mich auf beide Wangen.

„Ich habe eine Überraschung für Dich!" sagte ich und holte den Zettel mit der Adresse aus der Tasche. „Frag mich nicht woher ich sie habe, aber auf dem Zettel steht die Adresse von Svenja!"

Stefan schaute mich ungläubig an. „Das gibt es doch gar nicht. Hast Du einen Privatdetektiv eingeschaltet? fragte er.

„Sowas ähnliches!" sagte ich und lachte. „Ich hoffe Du findest wieder Kontakt zu Deiner Tochter. Die Adresse stimmt. Ich war heute schon da. Ihr Name steht an der Tür."

„Carina, ich weiß nicht wie ich Dir danken soll. Du bist ein Schatz!" Er nahm mich in den Arm und jubelte laut. „Das ist der Hammer!"

Ich lächelte und freute mich für ihn. Vielleicht gab es jetzt eine Möglichkeit für ihn, sich wieder seiner Tochter anzunähern.

„Ich frage nicht nach dem Roman", sagte Stefan und nahm meine Hand. „Lass Dir Zeit. Soll ich nochmal versuchen Jörg zu kontaktieren?"

„Das muss ich selber machen Stefan!" Ich küsste ihn auf die Wange und ging zur Tür. „Sag mir doch bitte, wenn Du Deine Tochter besucht hast. Es interessiert mich wirklich!" Er nickte und ich verließ das Büro.

Ich fuhr auf dem Weg nach Hause noch einmal zum Rheinufer. Mir war heute danach dort Ruhe zu finden. Der Tag hatte mich aufgewühlt. Ich stellte das Auto ab und schlenderte durch die Grünanlage bis ans Wasser. Hier konnte ich in kurzer Zeit entspannen. Ich setzte mich auf eine große Baumwurzel, die dort angeschwemmt worden war.

Als ich die Augen schloss, erinnerte ich mich auf einmal heftig an einen Tag, an dem ich einen furchtbaren Streit mit Jörg hatte. Er hatte mir vorgeworfen, ich wäre oberflächlich und hätte kein Verständnis für seine Arbeit. Dabei wünschte ich mir nur mehr Zeit mit ihm. Er schrieb an seiner Doktorarbeit und ich arbeite zum Teil auch am Wochenende und nachts im Krankenhaus.

„Dann hau doch ab, wenn es Dir mit mir nicht mehr gefällt. Ich will Dir bei Deiner Karriere nicht im Weg stehen!" hatte ich gesagt und türenknallend die Wohnung verlassen. Damals bin ich auch kopflos an den Rhein gelaufen. Hatte geweint und gedacht es sei alles aus.

Erst Stunden später bin ich wieder nach Hause gegangen und hatte Angst, dass Jörg seine Koffer gepackt hatte.

Jörg war nicht da. Aber er hatte uns etwas gekocht und den Tisch gedeckt. Auf meinem Teller lag ein Brief. Mir zitterten die Hände als ich ihn öffnete.

Entschuldige bitte Carina. Ich möchte Dich nicht verlieren. Ich weiß, ich verlange viel von Dir. Ich danke Dir für Deine Unterstützung und versuche mehr Zeit für Dich zu haben. Ich liebe Dich!

Ich war so erleichtert, dass mir die Tränen über das Gesicht liefen. In diesem Moment öffnete Jörg die Wohnungstür und hatte einen Strauß Blumen in der Hand. Er brauchte nichts zu sagen. Ich lief ihm entgegen und stammelte: „Verzeih mir Schatz, ich habe mich so dumm verhalten. Ich liebe Dich auch!"

Und dann haben wir uns geküsst und es kaum noch bin ins Schlafzimmer geschafft. Es war so intensiv und in diesem Moment waren wir uns so nahe wie nie zuvor.

Ich öffnete die Augen und atmete tief durch. Ich hatte das Gefühl, dass Jörg hinter mir stand, aber als ich mich umdrehte, war da nur ein Spaziergänger.

Ich musste noch einmal versuchen mit Jörg zu sprechen. Ich konnte mir keinen Reim aus seinem Verhalten machen. Wir konnten doch auch früher über alles reden.

In den nächsten Tagen versuchte ich weiter zu schreiben. Das gelang mir nur mühsam. Mir fehlten wichtige Details und ich wollte mir nicht einfach etwas ausdenken. Als ich genervt das letzte Kapitel wieder löschte, rief Stefan an.

„Carina, ich möchte heute zu Svenja fahren. Würdest Du mitkommen? Ich brauche Deine moralische Unterstützung, falls sie mir die Tür vor der Nase zuhaut!"

Mit anderen Worten: Stefan hatte Angst vor der Begegnung.

„Natürlich komme ich mit, wenn Du das möchtest. Holst Du mich ab?" fragte ich.

„Ich wäre in einer Stunde bei Dir, wenn es für Dich o.k. ist!" sagte Stefan erleichtert. „Ich hoffe sie ist zuhause!"

„Sonst warten wir auf Sie. Irgendwann wird sie schon nach Hause kommen!" versuchte ich Stefan aufzumuntern.

Eine Stunde später saßen wir in Stefans Auto und fuhren in Richtung Siegburg. Stefan war furchtbar aufgeregt und redete die ganze Zeit auf mich ein. Ich legte meine Hand auf seine. Er sagte ohne seinen Blick von der Straße zu nehmen: „Danke Carina. Ich bin so froh, dass Du mich begleitest!"

„Das ist doch selbstverständlich. Ich habe Dich ja auch erst in diese Situation gebracht!" Ich lächelte.

Wir fuhren kurze Zeit später in die kleine Straße, in der Svenja wohnte und parkten direkt vor der Haustür.

„Jetzt wird es ernst!" sagte Stefan und schaute mich an. Ich beugte mich zu ihm und zwinkerte ihm zu. „Das wird schon werden. Ich warte hier auf Dich!"

Er stieg aus und ging an die Haustür. Als er klingelte, drehte er sich noch einmal zu mir um. Ich hob den Daumen und hoffte, das Svenja da war und auch öffnete.

Anscheinend fragte sie durch die Sprechanlage wer vor der Tür steht, denn ich sah, dass Stefan auf etwas antwortete. Kurz danach betrat Stefan das Treppenhaus. Ich atmete auf. Seine Tochter war bereit mit ihm zu sprechen.

Ich stieg aus dem Auto und ging zu einer kleinen Grünanlage am Ende der Straße. Hier gab es eine Bank. Ich setzte mich und wartete.

Ich saß fast eine Stunde auf der Bank, als ich Stefan aus dem Haus kommen sah. Er sah erleichtert und sehr glücklich aus. Ich stand auf und ging ihm entgegen.

„Ich brauche fast nicht zu fragen wie es gelaufen ist, oder?" sagte ich.

„Ich habe meine Tochter wieder! Und das nach zehn Jahren. Ich habe sie fast nicht erkannt. Sie ist eine erwachsene Frau! Es lief viel besser als ich gedacht habe. Manuela hat mich, wie ich schon gedacht habe, bei Svenja immer schlecht gemacht und mich als verantwortungslosen Vater hingestellt. Als ich ihr sagte, dass ich jahrelang versucht habe sie zu erreichen, wusste sie von nichts. Ihre Mutter hatte es ihr nie erzählt."

Auf der Rückfahrt erzählte mit Stefan, dass er seine Tochter in der kommenden Woche zu sich nach Hause eingeladen hatte. Es war so schön, ihn so glücklich zu sehen.

„Carina, das werde ich Dir nie vergessen! Ohne Dich hätte es vielleicht nie mit einer Aussprache geklappt. Ich weiß gar nicht, wie ich Dir danken soll!"

„Du brauchst mir nicht zu danken, ich freue mich so, dass ich Dir helfen konnte!" antwortete ich.

Stefan und ich gingen dann noch zusammen in das Restaurant, wo Leon arbeitete. Stefan war überrascht, wie gut dort die Küche war.

„Da hat Leon ein richtig gutes Restaurant ausgesucht um seine Ausbildung zu machen. Der Laden hat Potential für einen Stern. Nach dem Essen brachte Stefan mich noch nach Hause. Als ich aussteigen wollte, hielt er mich am Arm fest. Er beugte sich zu mir und küsste mich leidenschaftlich.

Als ich die Autotür öffnete war ich verwirrt und konnte Stefan nur noch kurz zuwinken. Dann ging ich schnell in Richtung meiner Wohnung.

Am nächsten Tag konnte ich es nicht mehr aushalten. Ich rief Stefan an und sagte ihm, dass ich doch eine Bitte hätte.

„Kannst Du doch einmal versuchen mit Jörg Kontakt aufzunehmen. Ich komme nicht weiter mit dem Roman. Und ich vermisse ihn sehr!"

Ich hörte wie Stefan am anderen Ende tief durchatmete und dann sagte: „Ich habe also keine Chance bei Dir?"

„Es tut mir leid Stefan. Aber meine Gefühle sind nicht stark genug. Ich mag Dich sehr, aber mehr auch nicht!"

„Ich verstehe!" antwortete Stefan und sagte dann: „Ich versuche Jörg zu erreichen. Ich habe ja seine Handynummer. Wenn ich ihn gesprochen habe, rufe ich Dich zurück!"

„Ich danke Dir!" sagte ich und legte auf.

An diesem und auch am nächsten Tag hörte ich nichts von Stefan. Wahrscheinlich hatte er Jörg auch nicht erreichen können.

Als das Telefon dann endlich klingelte war ich total angespannt. Ich kannte die Telefonnummer nicht.

Umso mehr war ich erstaunt, als ich Jörgs Stimme hörte: „Hallo Carina. Ich muss mit Dir sprechen! Ich habe Dir Einiges zu sagen!"

„Hat Stefan Dich angerufen?" wollte ich wissen.

„Ja, wir haben gestern telefoniert und uns ausgesprochen. Ich habe Dir Unrecht getan. Wann können wir uns sehen?"

Ich hätte in diesem Moment die ganze Welt umarmen können. Ich merkte jetzt erst, wie angespannt ich die letzten Wochen war. Jörg hatte mir unendlich gefehlt.

„Sag mir wann Du Zeit hast. Du weißt, ich bin doch flexibel!" sagte ich.

„Kann ich morgen Abend zu Dir kommen? Ich wohne ja im Moment im Hotel!" antwortete Jörg.

„Komm einfach wenn Du Zeit hast. Ich bin zuhause und warte auf Dich!"

Es dauerte einen kurzen Moment und dann sagte Jörg: „Ich bin um acht Uhr bei Dir. Ich kann es kaum erwarten Dich zu sehen und Dir zu erklären, was mich so aus der Bahn geworfen hat!"

„Ich bin so froh, dass Du wieder mit mir redest! Bis Morgen Jörg. Ich freue mich wahnsinnig!"

Als ich aufgelegt hatte, setzte ich mich auf die Couch und musste vor Erleichterung weinen.

Am nächsten Tag bereitete ich uns eine Kleinigkeit zu essen vor und stellte den Wein kalt. Ich war so aufgeregt, dass ich mich viermal umzog, bis ich endlich mit mir zufrieden war.

Als Jörg kurz vor acht klingelte, klopfte mein Herz bis zum Hals. Ich öffnete die Tür und schaute in einen riesengroßen Strauß roter Rosen.

„Guten Abend Carina!" sagte Jörg. Ich nahm ihm den Strauß ab und legte ihn auf die Kommode neben der Tür. Dann fiel ich Jörg um den Hals und flüsterte: „Endlich! Ich habe Dich so vermisst!"

„Ich Dich auch. Die letzten Wochen waren die Hölle. Ich konnte nicht schlafen, weil ich ständig an Dich denken musste."

Ich stellte die Rosen in eine Vase und ging an den Kühlschrank.

„Möchtest Du auch ein Glas Wein? Ich brauche das jetzt!" sagte ich und Jörg nickte.

Wir setzten uns auf meine Couch. Ich kam gar nicht dazu zu fragen, warum sich Jörg nicht gemeldet hatte. Er fing sofort an zu erzählen:

„Ich habe Dich vor ein paar Wochen mit diesem Stefan gesehen. Ihr habt Euch geküsst. Es sah so vertraut aus und ich habe gedacht Du liebst ihn. Ich war so enttäuscht und dachte, Du hast mir nur etwas vorgespielt, damit ich Dich mit dem Roman unterstütze!"

In diesem Moment fiel mir ein, dass Stefan mich auf dem Parkplatz, nach unserer Jogging Runde, zum Abschied tatsächlich lange geküsst hatte. Und Jörg hatte uns anscheinend dabei beobachtet. Das musste er ja falsch verstanden haben. Ich schüttelte den Kopf.

„Das kann ich verstehen. Aber es ist und war nie etwas mit Stefan. Er hat es ein paar Mal versucht, auch an dem Tag als Du uns gesehen hast. Aber ich liebe ihn nicht. Er ist ein Freund und außerdem auch mein Chef!"

Jörg stellte sein Glas ab und nahm mir meins aus der Hand. Er nahm mein Gesicht in beide Hände und wir küssten uns leidenschaftlich. Wir liebten uns auf der Couch und ich hätte nicht glücklicher sein können.

Später saßen wir am Tisch und aßen die Tortilla, die ich vorbereitet hatte. Jörg hielt meine Hand und küsste meine Fingerspitzen. Als wir das Geschirr später abräumten sagte Jörg leise: „Ich muss Dir noch etwas erzählen. Ich habe es selber erst vor ein paar Wochen erfahren. Setz Dich mal zu mir!"

Er nahm meine Hand und zog mich auf die Couch.

„Carina, ich habe einen Sohn! Er ist schon 18 Jahre alt. Ich habe es bis vor ein paar Wochen nicht geahnt!"

Ich war irritiert: „Wieso hast Du es erst jetzt erfahren? Ich verstehe das nicht!"

„Ich habe meine frühere Kollegin und meine Beziehung, aus der Zeit in Namibia wiedergetroffen. Sie war auch auf dem Lehrgang in Düsseldorf. Sie wusste nicht, dass ich wieder in Deutschland bin. Ich hätte wahrscheinlich auch nie erfahren, dass ich einen Sohn habe, wenn er sie nicht in Düsseldorf abgeholt hätte. Carina, er sieht aus wie ich."

„Warum hat sie es Dir nie gesagt. Wer ist sie denn?" In dem Moment, als ich ihn fragte, wusste ich es auch selbst.

„Es ist Dr. Frankenbach, stimmt's?"

„Woher weißt Du das?" fragte Jörg erstaunt.

„Ich habe Dich zweimal mit ihr gesehen. Und zuletzt, als ich als Notfall im Krankenhaus war."

„Notfall? Was war denn?" fragte Jörg besorgt.

„Nichts Ernstes, ich hatte einen schlimmen Migräneanfall!" antwortete ich. „Ich habe sie gleich wieder erkannt. Ihr wart gemeinsam im *Topf und Pfanne* essen. Ich saß am Nebentisch. Ihr habt mich nicht gesehen."

Jörg nahm mich in den Arm. „Ich kann es selbst kaum glauben. Silvia war damals schwanger, als ich nach Sri Lanka gegangen bin. Sie selbst ist vier Wochen später wieder nach Deutschland geflogen. Sie hat dann einen Test machen lassen und der war positiv. Es war für sie klar, dass ich meinen Job im Ausland nicht für sie aufgeben würde. Also hat sie ihn allein groß gezogen."

Ich schaute zu Jörg hoch und fragte: „ Wie heißt denn Dein Sohn?"

„ Er heißt Taio, das bedeutet Geboren um glücklich zu sein! Es ist in Afrika ein häufiger Name für Jungen!"

„Und Du hast es gleich gewusst, als Du ihn gesehen hast?" fragte ich.

„Du wirst es auch sofort sehen! Er sieht wirklich aus wie ich, als ich in seinem Alter war."

„Weiß Taio, dass Du sein Vater bist?" Ich wollte jetzt alles wissen.

„Silvia hat es ihm mittlerweile gesagt! Er möchte aber noch keinen Kontakt. Er muss es erstmal verarbeiten, dass er jetzt einen Vater hat! Bisher hat sie ihm nur verraten, dass sein Vater auch Arzt ist. Sie ist seit ca. zehn Jahren verheiratet. Deswegen sagte mir ihr Name auch nichts, als ich die Anmeldungen der Fortbildung gesehen habe. Sie hieß früher Brand."

„Da hast Du ja in den letzten Wochen einiges zu verarbeiten gehabt. Aber warum warst Du denn so unfair und gemein zu mir, als ich Dich in der Praxis besucht habe? Du hättest mich doch fragen können, ob mit Stefan etwas läuft!" sagte ich.

„Ich war so eifersüchtig, dass ich keinen klaren Gedanken fassen konnte. Die Situation auf dem Parkplatz war für mich eindeutig. Ihr wart so vertraut", antwortete Jörg kleinlaut.

„Hast Du nicht erst vor kurzem gesagt, wir müssen gleich über alles sprechen!" Ich lächelte.

„Du hast Recht. Ich war in der Praxis wirklich nicht sehr nett zu Dir! Verzeih mir bitte! Es war in der letzten Zeit alles etwas zu viel für mich!"

Das konnte ich gut nachvollziehen. Mir ging es ja im Moment genauso.

„Was machen wir denn jetzt? Und vor allem wo willst Du denn in Zukunft wohnen? Du willst doch nicht auf Dauer im Hotel bleiben!" sagte ich.

„Nein, natürlich nicht. In dem Gebäude, wo meine Praxis ist, wird nächsten Monat die Penthaus Wohnung frei. Das wäre für mich ideal. Praxis und Wohnung in einem Haus."

Ich hatte kurz überlegt, ob ich Jörg anbieten soll bei mir zu wohnen. Aber das wäre wahrscheinlich noch zu früh. Aber für die Übergangszeit eine gute Lösung.

„Willst Du solange, bis Du in die Wohnung kannst bei mir einziehen?" fragte ich. „Oder fühlst Du Dich im Hotel wohl?"

„Wohl fühlen sieht anders aus!" lachte Jörg. „Danke für das Angebot. Ich nehme es gerne an!"

„Du kannst das Gästezimmer für Dich haben. Es ist groß genug", sagte ich und grinste.

„Schlafen kann ich aber bei Dir oder?" Jörg drückte mich in die Kissen und küsste mich wild.

„Schon wieder?" fragte ich und drückte mich an ihn.

„Das letzte Mal ist doch schon ewig her!" lachte Jörg.

In den nächsten Tagen brachte Jörg seine Sachen in meine Wohnung. Möbel hatte er ja keine. Die wollte er sich jetzt neu kaufen.

Immer, wenn Zeit war, saßen wir zusammen und arbeiteten weiter an unserem Roman. Es war jetzt nicht mehr nur meiner! Ich telefonierte einmal mit Stefan, um zu berichten, dass es weiter geht. Er war mir gegenüber freundlich, aber reserviert. Er war enttäuscht. Das konnte ich fühlen. Er erzählte noch kurz, dass seine Tochter bei ihm war. So langsam kam man sich näher.

„Das freut mich sehr Stefan!" sagte ich.

Er beendete das Gespräch, weil es angeblich auf der anderen Leitung geklingelt hatte. Ich glaube aber, dass er etwas Abstand brauchte.

Am Abend kam Jörg spät nach Hause. Er schloss die Tür auf und strahlte wie ein Weihnachtsbaum.

„Taio will mich treffen!" sagte er und drückte mich, bis ich kaum noch Luft bekam.

„Bitte vorsichtig mit Ladys Ü 40!" sagte ich. „Du brichst mir ja die Rippen!" Ich lachte und küsste ihn. „Hat er Dich angerufen?" wollte ich wissen.

„ Ja, er hat mir auf die Mailbox gesprochen und mir seine Handynummer hinterlassen. Er hat gesagt, ich sollte ihn einfach mal anrufen wenn ich Zeit hätte! Ich habe gleich zurück gerufen und ein Treffen für Sonntagnachmittag ausgemacht!"

Er war ganz aufgeregt.

„Carina, was soll ich denn mit ihm unternehmen? Was macht man mit einem achtzehnjährigen?"

„ Geht doch ins Kinderparadies!" sagte ich und musste laut lachen. „Nein, Spaß beiseite! Leon ist immer gern zur Kartbahn gegangen. Danach könntet ihr ja was Essen gehen!"

Jörg küsste mich auf die Nasenspitze und sagte: Du bist genial mein Schatz!"

Am Sonntag nach dem Frühstück wurde Jörg immer nervöser. Er tigerte durch die Wohnung und versuchte sich abzulenken. Ich konnte es nicht mitansehen und versuchte ihm Mut zu machen.

„Jörg, mach Dir doch nicht so einen Stress. Es wird schon alles gut laufen. Er wollte doch das Treffen. Du bist doch sonst nicht auf den Mund gefallen! Du wirst sehen, es wird ein schöner Tag!"

Als er gegangen war, räumte ich die Wohnung auf und setzte mich an den PC um ein paar weitere

Notizen für den Roman einzufügen. Ich musste zugeben, dass ich auch etwas aufgeregt war, wie es mit Jörg und seinem Sohn laufen würde.

Am späten Abend hörte ich den Schlüssel in der Tür und sprang auf um Jörg entgegen zu gehen.

„Wie ist es gelaufen? Erzähl schon!" sagte ich und war gespannt was Jörg zu berichten hatte.

„Ich kann es immer noch nicht glauben. Wir hatten nach anfänglichen Berührungsängsten, einen wundervollen Tag. Die Idee mit der Kartbahn war super. Danach waren wir noch Sushi Essen. Taio liebt die japanische Küche, genau wie ich!"

Ich war unheimlich erleichtert. Das hörte sich doch gut an.

„Dann seht ihr euch in Zukunft öfter?" fragte ich.

„Das will ich doch hoffen, wir haben so viel gemeinsame Zeit verpasst!" Jörg seufzte.

„Das war ja nicht Deine Schuld. Du brauchst Dir keine Vorwürfe zu machen. Das sollte seine Mutter tun! Sie hat Dich die ganzen Jahre im Ungewissen gelassen!"

Jörg nahm mich in den Arm. „Ich bin so glücklich. Ich habe die Frau meines Lebens wiedergefunden und jetzt habe ich auch noch einen Sohn!"

Ich schmiegte mich an ihn. Ich war auch glücklich.

Ein paar Wochen später war es dann soweit. Jörg konnte in seine neue Wohnung ziehen. Ich hatte mich gerade daran gewöhnt, ihn immer um mich zu haben. Ich wollte ihn gar nicht gehen lassen. Aber es hatte auch seine Vorteile, allein zu wohnen. In den letzten Wochen war ich kaum zum Schreiben gekommen.

Jetzt half ich Jörg seine Sachen in Kartons und seine Kleidung in einen Koffer zu packen. Er hatte ein großes Geheimnis um seine neue Wohnung und die Einrichtung gemacht. Am Nachmittag fuhren wir mit einem kleinen Lieferwagen, den Jörg für den Tag gemietet hatte, zu seiner neuen Adresse.

Wir fuhren in den dritten Stock. Jörg hielt mir die Augen zu, als wir in die Wohnung traten.

Als ich sie wieder öffnen durfte, traute ich meinen Augen nicht. Die Wohnung war groß und hell, mit bodentiefen Fenstern. Die Möbel reduziert, aber sehr schön und trotzdem gemütlich. Der Kamin stand mitten im Raum. Jörg hatte ihn schon angezündet. Es war wohlig warm.

„Na, was sagst Du?" wollte Jörg wissen und schaute mich erwartungsvoll an.

„Die Wohnung ist ein Traum!" sagte ich. Jörg zog mich gleich weiter über eine Wendeltreppe in den oberen Bereich. Hier war ein offenes Schlafzimmer mit anschließender Dachterrasse. Ich war beeindruckt.

„Sollen wir es gleich einweihen?" fragte Jörg und deutete auf sein Bett. Ich musste lachen und nickte.

Am Abend hatten wir die Kartons fast alle geleert und Jörg hatte seine persönlichen Sachen verstaut. Ich war kurz in den Supermarkt gefahren und hatte ein paar Lebensmittel gekauft. Jetzt ging ich in die Küche und bereitete uns ein Abendessen vor. Mit einem Glas Wein saßen wir später in Jörgs Wohnzimmer. Wir saßen vor dem Kamin und aßen die Tapas, die ich vorbereitet hatte. Ich war so glücklich wie lange nicht mehr. Ich hatte eigentlich keine Lust in meine eigene Wohnung zurück zu fahren.

„Bleib doch heute Nacht bei mir!" sagte Jörg in diesem Moment und nahm mich in den Arm.

„Ich wollte Dich auch gerade fragen, ob Du mir heute Nacht Asyl gibst!" Ich musste lächeln. Wir küssten uns leidenschaftlich und schafften es gerade noch bis ins Schlafzimmer.

Die nächsten Tage sahen wir uns kaum. Ich musste endlich wieder einmal an dem Roman weiterschreiben. Jörg hatte viele Termine, die er zum Teil wegen des Umzugs verschoben hatte.

Am Donnerstag rief Pia an. „Mama, ich hab den Job!", rief sie ganz aufgeregt. „Ich kann schon nächsten Monat dort anfangen. Ich bin ja so glücklich!"

„Das ist ja eine ganz wunderbare Neuigkeit!" Ich war genauso froh wie Pia, dass es mit dem Job geklappt hatte.

„Mike hat unsere gemeinsame Wohnung schon gekündigt! Das ist mir ganz Recht. Könnte ich bei Dir wohnen, bis ich was Eigenes gefunden habe?" fragte Pia.

„Natürlich Schatz. Das Gästezimmer ist frei. Wann kommst Du denn?" wollte ich wissen.

„Eigentlich schon nächste Woche. Ich muss noch packen und ein paar Dinge regeln. Aber dann hält mich hier nichts mehr!" sagte sie.

„Ich freue mich sehr mein Schatz. Du bist hier jederzeit willkommen. Weiß Tom es schon?" fragte ich.

„Mit ihm habe ich schon telefoniert. Er ist begeistert, dass ich bald seine Nachbarin bin. Wenn auch nur vorübergehend. Ich möchte doch schnell eine eigene kleine Wohnung!" antwortete Pia.

Als sie aufgelegt hatte rief kurze Zeit später Stefan an.

„Hallo Carina, wie geht's?" fragte er gleich gut gelaunt.

„Mir geht es sehr gut!" antwortete ich. „Dir aber anscheinend auch. Es hört sich so an!"

„Ich wollte Dir nur sagen, dass ich mich regelmäßig mit meiner Tochter treffe. Wir nähern uns langsam an. Das habe ich Dir zu verdanken", sagte er.

„Das habe ich gern gemacht. Ich könnte mir gar nicht vorstellen, eines meiner Kinder nicht mehr sehen zu dürfen. Ich freue mich für Dich, dass Svenja den Kontakt möchte."

„Hast Du Lust mit mir Essen zu gehen? Ich möchte mich für Deine Hilfe irgendwie bedanken!" fragte Stefan.

Ich hatte am nächsten Wochenende Zeit. Jörg hatte sich mit seinem Sohn verabredet, also sagte ich zu.

„Das freut mich sehr. Ich hole Dich am Freitagabend gegen 19 Uhr ab. Ist das o.k.?"

„So machen wir das. Ich komme übrigens mit dem Roman gut voran. Ich erzähle Dir weiteres dann am Freitag!"

Nach dem Telefonat ging es mir besser. Irgendwie hatte ich Stefan gegenüber ein schlechtes Gewissen gehabt. Ich wusste, was ich ihm bedeutete und hätte ihm gleich sagen sollen, dass er gegen Jörg keine Chance hatte. Ich mochte ihn sehr, vielleicht mehr als ich mir selbst eingestanden hatte.

Als Georg noch lebte, hatte er sich nicht offenbart. Das rechnete ich ihm hoch an. Er wollte mich nicht in Verlegenheit bringen.

Am Freitag ging ich zum Friseur und machte mir mittags nur einen Salat. Am Nachmittag beendete ich noch das Kapitel des Romans, an dem ich schon die ganze Woche geschrieben hatte. Bei jedem Buch gab es einen Punkt, wo es schwierig wurde, die Spannung aufrecht zu halten. So war es jetzt auch. Die Arbeit als Arzt in Afrika war eben auch Routine und nicht jeden Tag ereignete sich etwas Besonderes. Ich wollte aber nicht zu viel meiner Fantasie überlassen. Es sollte möglichst authentisch bleiben.

Ich beendete meine Arbeit, fuhr den Rechner runter und ging ins Badezimmer um mich zurecht zu machen. Ich hatte mich gerade umgezogen, als es klingelte.

Stefan sah wahnsinnig gut aus. Er hatte eine dunkle Jeans und ein legeres Sakko an. Er pfiff laut als ich ihm öffnete.

„Du siehst umwerfend aus! Das Kleid ist der Hammer!" sagte er.

Ich hatte ein enganliegendes schwarzes Kleid mit einem passenden kurzen Jäckchen an. Ich fühlte mich in Kleidern seit meiner Jugend wohler als in Hosen. Jeans trug ich nur ganz selten.

„Danke für das Kompliment!" sagte ich und lächelte.

Stefan küsste mich aus die Wange. Ich nahm meinen Schlüssel und wir gingen zu Stefans Wagen, der diesmal vorschriftsmäßig in einer Parklücke stand.

Stefan hatte für diesen Abend ein wunderbares italienisches Restaurant am Stadtrand ausgesucht. Ich war mit Georg vor vielen Jahren schon einmal dort gewesen. Der Kellner war ausgesprochen freundlich und wir bestellten bei ihm die Tagesempfehlung. Es gab wundervolle Ravioli als Vorspeise, einen sehr leckeren Fisch und zum Dessert haben wir uns für den Klassiker, ein Tiramisu entschieden.

Es wurde ein sehr schöner Abend. Unser Gespräch drehte sich hauptsächlich um die Kinder. Stefan war wie ausgewechselt, seit er wieder Kontakt mit seiner Tochter hatte. Wir lachten viel und merkten gar nicht wie schnell die Zeit vergangen war. Stefan griff einmal nach meiner Hand. Ich schaute ihn fragend an und er flüsterte nur: „ Entschuldige Carina, ich bin nur so glücklich, wenn ich mit Dir zusammen bin, dass ich manchmal vergesse das Du mit Jörg zusammen bist!"

„Es war wirklich ein wunderschöner Abend und Du musst Dich nicht entschuldigen", sagte ich. Ich nahm mein Glas und trank den letzten Schluck Wein.

Stefan winkte dem Kellner und fragte nach der Rechnung. Als er bezahlt hatte, holte er meine

Jacke und half mir hinein. Kurz streiften seine Hände meinen Nacken und mich erfüllte einen Moment ein wohliges Gefühl der Vertrautheit.

Als wir im Auto saßen, schwiegen wir. Ich schaute aus dem Fenster und dachte an Georg. Heute Abend fehlte er mir sehr. Aber in Stefans Nähe hatte ich auch immer wieder dieses Gefühl der Geborgenheit und Unbeschwertheit. Das ist das Einzige, was ich bei Jörg vermisste. Ich konnte nicht ausblenden, dass er damals einfach gegangen war und mich zurück gelassen hatte.

Stefan hielt vor meinem Haus und wir umarmten uns zum Abschied.

„Danke für diesen wundervollen Abend!" sagten wir fast gleichzeitig und mussten lachen.

„Schlaf schön!" sagte Stefan und ich stieg aus dem Auto. Als er abgefahren war, schaute ich ihm noch solange nach, bis die Schlusslichter in der Dunkelheit nicht mehr zu sehen waren.

In der Wohnung angekommen ging ich nur noch unter die Dusche und dann ins Bett.

Am nächsten Morgen schlief ich lange und ging dann auf den Wochenmarkt. Die ersten Händler packten ihre Ware schon wieder ein. Ich kaufte noch Gemüse und Obst und schlenderte dann zu einem Café um einen Kaffee zu trinken und eine Kleinigkeit zu essen.

Als ich mich an einen kleinen Tisch gesetzt hatte, klingelte mein Handy. Es war Jörg.

„Wo bist Du und was machst Du Schönes?" wollte er wissen.

„Ich trinke gerade Kaffee, nachdem ich eben auf dem Markt war, um einzukaufen! Und was machst Du heute? Triffst Du Dich mit Taio?"

„Ja, er kommt am Nachmittag. Wir wollen ins Kino und dann etwas essen gehen. Er übernachtet heute bei mir. Morgen nach dem Frühstück fahren wir nach Köln. Wir wollen in die Altstadt und uns den Dom anschauen. Vielleicht klettern wir auch bis nach oben auf die Plattform, um uns die Stadt von oben anzuschauen." Jörg war fröhlich und man merkte ihm an, wie sehr er sich auf seinen Sohn freute.

„Dann wünsche ich Euch ein schönes Wochenende. Grüß mal schön. Vielleicht lerne ich ihn ja mal kennen!" sagte ich und trank einen Schluck Kaffee.

„Beim nächsten Treffen kommst Du mit!" antwortete Jörg. „Du fehlst mir!"

„Du mir auch!" sagte ich und wollte wissen, wann Jörg in der kommenden Woche Zeit hatte.

„Ich kann es Dir noch gar nicht genau sagen!" sagte Jörg und seufzte. „Ich habe so viele Termine, am Montag sogar bis in den späten Abend. Außerdem habe ich nächsten Monat noch einmal einen Vortrag in der Uniklinik Frankfurt. Darauf muss ich mich auch noch vorbereiten."

Ich war etwas enttäuscht, aber ich kannte diese Situation schon aus meiner Ehe mit Georg. Ein Arzt konnte seinen Tagesablauf selten planen. Irgendetwas kam immer dazwischen. Krankheiten und Notfälle ließen sich nicht voraussagen.

„Ruf einfach an wenn es passt. Ich freue mich auf Dich!" sagte ich und wir beendeten das Telefonat.

Das Wochenende plätscherte vor sich hin und ich langweilte mich. Am Sonntag ging ich dann joggen und setzte mich an den Rhein auf eine Bank. Ich fühlte mich irgendwie unruhig. Ich hielt es nicht lange aus und lief zurück zum Auto. Als ich zuhause ankam, hörte ich schon das Telefon klingeln. Ich hatte mein Handy nicht mitgenommen.

Als ich mich meldete, hatte der Teilnehmer aufgelegt. Auf der Mailbox war allerdings eine Nachricht hinterlassen worden. Ich hörte die Stimme meiner früheren Kollegin Petra. Sie bat mich dringend in der Klinik zurück zu rufen. Ich dachte spontan, dass sie mir etwas wegen Pias neuem Job erzählen wollte. Sie hatte meine Tochter ja bei der Bewerbung unterstützt.

Ich setzte mich mit einem Glas Wasser auf die Couch und wählte die Nummer, die Petra mir hinterlassen hatte.

„Elisabeth Krankenhaus Bonn, Notaufnahme", meldete sich eine weibliche Stimme.

„Guten Tag, mein Name ist Groß, Schwester Petra hat mich gebeten zurück zu rufen!" sagte ich.

„Moment, ich hole sie gleich an den Apparat", sagte die Stimme und ich hörte, wie sie den Hörer auf den Tisch legte.

„Carina! Endlich!" hörte ich Petra sagen. „Ich habe schon die ganze Zeit versucht Dich zu erreichen!"

„Was ist denn los?" fragte ich und mir wurde auf einmal schlecht. „Ist etwas passiert?"

„Carina, es tut mir furchtbar leid. Heute Vormittag sind Jörg und sein Sohn hier eingeliefert worden. Sie hatten einen schweren Autounfall. Jörg liegt im Koma."

„Oh mein Gott", konnte ich nur stammeln und ich zitterte am ganzen Körper.

„Ich komme sofort!" sagte ich. „Danke, dass Du mich informiert hast."

Ich war froh, dass Petra Jörg seit der Einweihungsparty kannte. Sonst hätte ich gar nicht erfahren, dass er einen Unfall hatte.

Ich zog mich um und fuhr so schnell ich konnte in die Uniklinik.

Ich parkte in einer Seitenstraße und lief zum Eingang der Notaufnahme. Ich kannte mich hier aus. Schließlich hatte ich hier einige Jahre gearbeitet.

Petra wartete an der Pforte auf mich und nahm mich in den Arm.

„Wo ist Jörg denn jetzt? Und was ist denn passiert? Weißt Du etwas Genaues?"

„Jörg und sein Sohn hatten einen Unfall. Sein Sohn ist gefahren. Er war wohl zu schnell in einer Kurve und hat die Kontrolle über das Auto verloren. Sie haben sich überschlagen. Carina, das ist noch nicht alles. Der Sohn hat es nicht überlebt. Er ist vor einer Stunde gestorben."

Ich merkte, wie mir schwarz vor Augen wurde. Petra führte mich zu einem Stuhl und holte mir ein Glas Wasser.

„Ich möchte zu Jörg. Ich will wissen wie es ihm geht!" Ich fing an zu weinen.

Petra brachte mich zur Intensivstation und lies mich dort vor dem Eingang warten. Sie wollte mit dem Stationsarzt sprechen. Ich selbst durfte nicht auf die Station.

Nach einer gefühlten Ewigkeit kam ein junger Arzt auf mich zu und stellte sich als Dr. Roth vor.

„Sie sind die Lebensgefährtin von Dr. Bischoff?" fragte er.

Ich nickte. „Wie geht es ihm? Was hat er denn für Verletzungen?" Ich konnte kaum sprechen.

„Er hat einen Schädelbasisbruch mit Hirnblutung und mehrere Knochenbrüche. Die Frakturen sind nicht lebensbedrohlich. Aber die Blutung macht uns Sorgen. Wir werden operieren müssen!"

„Darf ich hier bleiben?" fragte ich. Dr. Roth nickte.

„Holen Sie sich einen Kaffee und versuchen Sie sich zu beruhigen. Dr. Bischoff ist hier in guten Händen.

„Ich habe gehört, dass der Sohn von Dr. Bischoff den Unfall nicht überlebt hat. Ist seine Mutter schon informiert?"

„Die Polizei war schon bei ihr soviel ich weiß!"

Dr. Roth drückte meine Hand und ging wieder zurück auf die Station.

Ich wollte mir gar nicht vorstellen wie es Taios Mutter jetzt ging. Ein Kind zu verlieren ist das Schlimmste, was Eltern passieren konnte. Aber warum war Taio denn gefahren? Er hatte erst seit kurzem den Führerschein. Das hatte mir Jörg erzählt. Vielleicht wollte er ihn fahren lassen, damit er mehr Fahrpraxis bekam.

In meinem Kopf ging alles drunter und drüber. Ich ging den Flur hinunter zu einem Automaten und holte mir einen Kaffee. Nach einer Weile öffnete sich wieder die Tür zur Intensivstation und Petra setzte sich zu mir.

„Sie bereiten Jörg jetzt für die Operation vor. Sein Zustand ist stabil aber die Blutung muss gestoppt werden. Du weißt ja, sonst könnten irreparable Schäden bleiben."

Ich nickte und dankte Petra, dass sie mich informiert hatte.

„Ich muss wieder los. Ich halte Dich auf dem Laufenden!" sagte sie.

Es vergingen endlose Stunden des Wartens. Ich lief vor der Station auf und ab und wurde immer nervöser. Ich wollte nicht schon wieder einen Mann verlieren.

Ich merkte wie mein Handy in der Tasche vibrierte. Ich hatte es im Krankenhaus lautlos geschaltet. Es war Pia.

„Mama, ich versuche schon eine ganze Weile Dich zu erreichen. Wann kann ich denn nächste Woche einziehen? Ich habe soweit alles gepackt."

Ich erzählte Pia schnell was passiert war und das ich im Krankenhaus war.

„Das ist ja furchtbar! Und der Sohn ist tot?" fragte Pia.

„Er hat es nicht überlebt!" sagte ich. „Ich weiß gar nicht, wie man es Jörg sagen soll, wenn er wieder aus dem Koma erwacht!"

„Soll ich kommen?" fragte Pia.

„Das ist lieb, aber Du darfst als Nicht Angehörige noch nicht einmal auf die Station. Ich rufe Dich an, sobald ich etwas Neues weiß!"

„Ich drücke die Daumen und bin sicher, dass alles gut geht!" sagte Pia und wir verabschiedeten uns.

Ich fuhr mit dem Aufzug ins Erdgeschoß und ging ein paar Minuten an die frische Luft. Ich hatte Kopfschmerzen und atmete ein paarmal tief ein. Gegenüber vom Eingang stand eine Bank. Hier setzte ich mich hin und versuchte einen klaren Gedanken zu fassen. Wird Jörg das alles überleben und vor allem wird er keine Schäden zurück behalten? Das Schicksal war grausam. Endlich hatten wir uns wiedergefunden. Jörg hatte erst jetzt erfahren, dass er Vater ist. Nun war sein Sohn tot. Das war alles furchtbar.

Ich wollte gerade wieder zurück auf die Station, als ich Frau Dr. Frankenbach, Taios Mutter, am Arm eines Mannes aus dem Eingang kommen sah. Sie weinte und musste gestützt werden.

Mir kamen auch die Tränen als ich sie sah. Sie hatte sich von ihrem Sohn verabschiedet. Das sollte keine Mutter erleben.

Sie stieg mit dem Mann in ein Auto und fuhr davon.

Ich ging jetzt auch wieder auf die Station und wartete, bis mir endlich Jemand sagen konnte, wie es Jörg ging.

Nach einer weiteren Stunde kam Dr. Roth auf mich zu. Mir zitterten die Knie. Ich hatte Angst.

Aber er lächelte und sagte: „Es ist alles gut verlaufen. Dr. Bischoff hat alles gut überstanden. Wir konnten die Blutung stoppen. Wir belassen ihn aber noch im künstlichen Koma. Er muss sich jetzt erholen."

„Darf ich ihn sehen?" fragte ich.

„Aber nur ganz kurz. Kommen Sie mit!" sagte Dr. Roth und ging voran auf die Station.

Jörg lag, angeschlossen an ein Beatmungsgerät, in einem Bett auf der Intensivstation. Er war blass und er hatte einen Verband um den Kopf. Sein Brustkorb hob sich im Rhythmus des Beatmungsgerätes. Ich musste schlucken, damit ich nicht wieder anfing zu weinen.

Ich trat an das Bett und nahm seine Hand. Ich beugte mich zu ihm hinunter und flüsterte ihm ins Ohr: „Ich fahre jetzt an den Rhein und werfe ein paar Steine. Wenn Du wieder gesund bist, zeigst Du mir endlich, wie man es richtig macht! Ich liebe Dich!"

Ich küsste seine Wange und schaute zu Dr. Roth hinüber.

„Sie müssen jetzt gehen. Hinterlassen Sie hier auf der Station nochmal ihre Telefonnummer. Wenn sich etwas ändert, rufen wir sie an. Wenn alles weiterhin gut läuft, können wir ihn bald aufwachen lassen."

Ich nickte und ging mit ihm an die Anmeldung, um meine Handynummer zu hinterlassen. Dann verabschiedete ich mich von Dr. Roth und verließ die Klinik.

Wie ich es Jörg versprochen hatte, fuhr ich an das Rheinufer und warf mal wieder Steine in den Fluss. Irgendwie beruhigte mich dieses Ritual. Die Erinnerung an unsere gemeinsame Zeit vor vielen Jahren, erfasste mich mit voller Wucht. Ich hatte auf einmal das Gefühl, dass Jörg hinter mir stand und sein Atem mich streifte. Die Art wie er meine Haare zur Seite strich und mich dann in den Nacken küsste, hatte mich von Anfang an bezaubert. In den ersten Wochen, nachdem wir uns kennen gelernt hatten, hatte Jörg mir jeden Tag einen Brief geschrieben. Die Briefe hatte ich alle in einer Keksdose aufbewahrt.

Ich hatte damals ein Tagebuch geführt. Jörg wusste es nicht. Wenn er wieder gesund war, würde ich es ihm zeigen. Ich fand, dass jetzt der richtige Zeitpunkt war.

Ich fühlte mich etwas besser und fuhr nach Hause.

Dort angekommen, rief ich nochmal im Krankenhaus an. Es hatte sich nichts geändert. Jörgs Zustand war stabil.

Ich schlief fast gar nicht in dieser Nacht. Um fünf Uhr stand ich auf und machte mir einen Kaffee. Um mich etwas abzulenken, setzte ich mich an den PC und versuchte etwas am Roman zu arbeiten. Ich konnte mich aber nicht konzentrieren.

Um acht Uhr rief ich dann im Krankenhaus an, weil ich es nicht mehr aushalten konnte.

Die Krankenschwester teilte mir mit, dass Jörgs Zustand unverändert sei. Sie versprach mir, mich anzurufen sobald es eine Veränderung gab.

Ich zog mich an und aß eine Kleinigkeit. Dann rief ich Pia an.

Sie meldete sich auch gleich und wollte als erstes wissen wie es Jörg ging.

„Unverändert!" sagte ich. „Ich wollte Dich eigentlich fragen, wann Du bei mir einziehst. Ich freue mich schon so auf Dich!"

Wäre übermorgen o.k. für Dich? Da habe ich einen kleinen Transporter. Tom und zwei seiner Freunde wollen mir beim Tragen helfen. Die Möbel lasse ich einlagern. Bei Dir ist ja kein Platz. Ich bringe nur meine persönlichen Dinge mit." antwortete Pia.

„Natürlich ist das in Ordnung. Je früher desto besser. Hast Du denn schon nach einer eigenen Wohnung gesucht?" wollte ich wissen.

„Ich habe schon mal im Internet gesucht. Bisher war aber noch nichts dabei, was mir gefallen hätte. Vor allem muss ich sie auch bezahlen können." stöhnte Pia.

„Du musst Dir keinen Stress machen. Du kannst bei mir wohnen solange Du willst", sagte ich. Mir war klar, dass Pia sowieso oft bei Tom sein würde. Ich musste lächeln.

Wir unterhielten uns noch eine Weile, als es auf meinem Handy klingelte. Ich verabschiedete mich schnell von Pia, weil ich dachte, das Krankenhaus würde sich melden. Aber es war Stefan.

„Guten Morgen Carina. Wie geht's Dir? Ich will ja nicht nerven, aber ich wüsste gern, wie es mit dem Buch läuft. Kommt ihr weiter?" fragte er.

Ich erzählte Stefan was passiert war. Er wirkte sichtlich geschockt.

„Um Gottes Willen. Das ist ja eine Tragödie. Das tut mir wahnsinnig leid."

„Ich kann es auch immer noch nicht fassen. Ich warte auf Neuigkeiten aus dem Krankenhaus.

Ich bin sowas von nervös. Und ich habe Angst!"
sagte ich.

„Das glaube ich Dir. Sag mir auf jeden Fall
Bescheid, wenn Du mehr weißt. Und wenn Du Hilfe
oder eine Schulter zum Anlehnen brauchst. Ich bin
da", antwortete Stefan.

„Ich danke Dir. Ich halte Dich auf dem Laufenden!"
sagte ich.

Nach dem Mittagessen rief ich nochmal auf der
Station an. Diesmal hatte ich gleich Dr. Roth am
Telefon.

„Guten Tag Frau Groß! Es gibt gute Neuigkeiten.
Die neurologischen Tests waren alle normal.

Dr. Bischoff hat wohl keine bleibenden Schäden.
Wenn es so weiter geht, dann lassen wir ihn ab
morgen langsam wieder aufwachen."

Ich musste vor Erleichterung weinen.

„Vielen Dank für die gute Nachricht!" sagte ich und
verabredete mit Dr. Roth, dass ich am nächsten
Tag wieder anrufen würde.

Ich versuchte mich abzulenken, in dem ich das
Gästezimmer für Pia aufräumte. Ich bezog das Bett
und stellte ihr einen Strauß Blumen auf den Tisch.
Im Kleiderschrank hing noch eine Jacke von Jörg.
Ich drücke sie an mein Gesicht. Sie roch nach
seinem After Shave. Ich hing sie in meinen
Schlafzimmerschrank und betete, dass Jörg bald

wieder gesund werden würde. Ich hatte immer noch große Angst ihn zu verlieren.

Am nächsten Tag fuhr ich doch noch einmal ins Krankenhaus. Auch wenn Jörg noch im Koma lag wollte ich in seiner Nähe sein.

Dr. Roth hatte Verständnis und ließ mich kurz auf die Intensivstation. Ich saß eine Weile an Jörgs Bett und hielt seine Hand. Das Beatmungsgerät machte pfeifende Geräusche und Jörg bekam Schmerzmittel über eine Infusion. Ich kannte den Ablauf zu genüge. Ich hatte während meiner Ausbildung auch ein paar Wochen auf der Intensivstation gearbeitet.

Ich küsste Jörg leicht auf die Wange und stand auf um ein paar Schritte auf dem Flur zu laufen.

Im gleichen Moment sah ich Frau Dr. Frankenbach, die an der Eingangstür zur Station wartete.

Dr. Roth begrüßte sie. „Guten Tag Frau Kollegin. Ich möchte Ihnen noch einmal mein Beileid aussprechen. Es tut mir sehr leid."

Sie nickte nur. Man sah ihr an, dass sie geweint hatte. Sie war blass und hatte dunkle Ränder unter den Augen.

Sie kam auf mich zu und sah mich fragend an. Dann erkannte sie mich.

„Guten Tag Frau Dr. Frankenbach!" sagte ich. „Mein herzliches Beileid. Es ist ein furchtbares Unglück."

„Das ist es. Vielen Dank!" hauchte sie. „Ich wollte nur sehen, wie es Jörg geht. Ich brauche ein paar Antworten. Ich halte es sonst nicht aus."

„Ich sage Ihnen Bescheid, wenn er aus dem Koma erwacht ist!" sagte Dr. Roth. „Lassen Sie ihm Zeit. Er weiß ja noch nicht, dass sein Sohn es nicht überlebt hat. Er muss erstmal wieder gesund werden."

Dr. Frankenbach verabschiedete sich von mir und Dr. Roth. Sie tat mir unendlich leid.

Am nächsten Tag konnte ich nicht zu Jörg ins Krankenhaus. Pia kam schon am frühen Morgen und ich half ihr die Kartons und Kleidung in die Wohnung zu tragen. Danach fuhr sie noch mit Tom zu dem Gewebegebiet, wo sie ihre Möbel in einer Halle unterstellen konnte. Zum Mittag waren sie wieder zurück. Ich hatte für Pia, Tom und die beiden netten Freunde von Tom Pizza bestellt. Die aßen wir jetzt und tranken Bier auf der Flasche. Das hatte ich auch schon lange nicht mehr gemacht.

Pia sah glücklich aus. Sie lachte und drückte mich.

„Wie schön, dass ich hier bei Dir wohnen kann. Ich freue mich auch schon total auf meinen Job im Krankenhaus. Ich bin schon ganz aufgeregt."

„Wenn Jörg wieder aus dem Koma erwacht, könnte er Dein erster Patient werden!" sagte ich.

„Oh Mama, daran habe ich gar nicht gedacht. Wie geht es ihm denn?" fragte Pia zerknirscht.

„Sein Zustand hat sich nicht verändert. Aber er hatte Glück, denn so wie es aussieht wird er keine gravierenden Schäden zurück behalten. Nur die Knochenbrüche müssen noch heilen. Er wird noch im Koma gehalten, weil er sonst unerträgliche Schmerzen hätte", sagte ich.

„Das wichtigste ist, dass er es überlebt hat. Die psychische Belastung wird wesentlich schlimmer sein", sagte Tom. Er wusste also auch schon Bescheid. Er drückte meine Hand.

Ich lächelte ihm zu. Ich mochte Tom von Anfang an. Er war der Richtige für Pia. Das machte mich froh.

Als wir gegessen hatten verabschiedeten sich die Freunde von Tom bei mir. Pia und Tom gingen in das Gästezimmer um dort noch ein paar Dinge von Pia einzuräumen.

Ich legte mich auf die Couch. Nicht mehr allein zu sein war ein schönes Gefühl. Auch wenn Pia wieder ausziehen würde, sobald sie eine Wohnung gefunden hat. Im Moment war sie bei mir und das tat mir gut.

Am Abend rief Leon an. „Sorry, dass ich nicht beim Umzug helfen konnte. Ich musste arbeiten. Hat alles geklappt?" wollte er wissen.

„Mach Dir keine Gedanken. Pia hatte ja nicht viele Möbel. Das hat sie gut mit Tom und seinen Freunden hinbekommen. Was macht der Job? Wann hast Du denn mal Zeit mich und Deine Schwester zu besuchen?"

„Ganz ehrlich! Das war das Beste was ich machen konnte. Es macht mir jeden Tag mehr Freude." Leon klang ganz begeistert." Am Wochenende muss ich arbeiten, aber ich habe Spätdienst. Ich könnte Sonntag zum Kaffee kommen!" sagte er.

„Das ist schön. Dann halten wir das fest!" sagte ich. Über Jörg sagte ich ihm nichts. Vielleicht wusste ich ja am Sonntag schon mehr.

In den nächsten Tagen ließ man Jörg langsam aufwachen. Ein weiteres MRT vom Kopf zeigte, dass die Schwellung durch die Blutung fast nicht mehr zu sehen war. Am Freitag stellte man das Beatmungsgerät ab. Nur die Infusionen mit dem Schmerzmittel bekam er weiterhin.

Ich saß neben ihm und streichelte sein Gesicht. Seine Augenlider zuckten, aber er schaffte es noch nicht sie zu öffnen. Er stöhnte leise. Ich hatte Angst vor dem Moment, wo er erwachen würde und nach Taio fragen würde.

Am späten Abend fuhr ich nach Hause. Pia war mit Tom unterwegs. Ich war todmüde und ging gleich ins Bett.

Als ich am Samstagmorgen auf der Intensivstation ankam, sah ich Petra schon winken. Sie hatte Dienst und kam auf mich zu.

„Jörg ist wach. Er hat schon nach Dir gefragt." Sie lächelte und nahm mich in den Arm.

„Gott sei Dank!" sagte ich. „Weiß er schon von Taio?"

„Ja. Er ist heute Nacht wach geworden. Dr. Roth hatte Dienst und hat es ihm gesagt, weil er gleich nach ihm gefragt hat. Wir mussten ihm gleich etwas zu Beruhigung geben. Er ist am Boden zerstört."

Ich war froh, dass ich es ihm nicht sagen musste. Trotzdem hatte ich einen Knoten im Hals, als ich in sein Zimmer ging.

Jörg hatte gemerkt, dass Jemand an sein Bett trat und öffnete die Augen.

„Jörg ich bin so glücklich!" konnte ich nur stammeln und konnte nur mit Mühe die Tränen zurück halten. „Ich hatte solche Angst, dass Du sterben könntest!"

„Das wäre vielleicht besser gewesen. So ist mein Sohn gestorben!" Ich konnte Jörgs Stimme kaum verstehen.

„Sag so etwas nicht. Es war ein furchtbarer Unfall und keiner kann etwas dazu."

„Ich hätte ihn nicht fahren lassen dürfen!" murmelte Jörg. „Er hatte noch nicht genug Fahrpraxis.

Aber er hat nicht locker gelassen." Jörg schloss die Augen. Tränen liefen über sein Gesicht.

Ich wusste nicht, was ich sagen sollte. Ich setzte mich auf den Stuhl neben dem Bett und nahm seine Hand.

Nach einer Weile sagte Jörg: „Ich bin Schuld an seinem Tod. Ich werde mir das niemals verzeihen!"

„Keiner ist schuld!" sagte ich. „Taio hat sich überschätzt. Das hätte genauso gut in einer anderen Situation passieren können. Man kann nicht immer und überall auf seine Kinder aufpassen!" sagte ich, aber ich wusste selbst wie es Jörg jetzt ging. Er hatte kein Ohr für das, was ich ihm erklären wollte.

Und genau das sagte er mir jetzt. „Du hast gar keine Ahnung. Ich habe mein Kind verloren, das ich erst vor kurzem gefunden habe. Du weißt nicht wovon Du redest!" Jörg war wütend. Und er hatte Schmerzen. Er stöhnte laut. Ich klingelte nach der Schwester. Sie kam und spritzte ein weiteres Schmerzmittel in die Infusion.

„Es ist besser wenn Sie jetzt gehen!" sagte sie. „Der Patient braucht jetzt Ruhe!"

Ich nickte und stand auf. Ich wollte Jörg noch auf Wiedersehen sagen, aber er war schon wieder eingeschlafen.

Am nächsten Tag rief ich auf der Station an. Es sei alles in Ordnung, aber Jörg wollte mich nicht sehen, ließ man mir ausrichten.

Am Nachmittag kam Leon. Gemeinsam mit Pia saßen wir am Esstisch. Ich hatte einen Kuchen gebacken und die Kinder ließen es sich schmecken. Ich selbst konnte nichts essen. Dass Jörg mich nicht sehen wollte, hatte mich sehr traurig gemacht.

„Was ist los Mama?" fragte Leon. „Du bist in Gedanken ganz woanders!"

Ich erzählte ihm von Jörg und dem Unfall. Und das er seinen Sohn verloren hatte.

„Scheiße!" sagte Leon und machte gleich ein schuldbewusstes Gesicht. „Sorry aber das ist ja echt schlimm!"

„Er macht sich unheimliche Vorwürfe und will mich nicht sehen", antwortete ich.

„Er muss erstmal gesund werden und er braucht Zeit alles zu verarbeiten." Pia hatte Recht.

Wie ich so mit den Beiden am Tisch saß, wurde mir erst richtig klar, wie glücklich ich sein konnte.

In den nächsten Tagen rief ich regelmäßig in der Klinik an und ließ mir von Petra erzählen, was Jörg für Fortschritte machte.

Auch Pia hatte ihren ersten Arbeitstag in der Klinik und berichtete abends von ihrer Tätigkeit.

Sie war ganz begeistert, dass sie mit anpacken musste und gleich einen Patienten allein behandeln durfte.

„Ich muss nächste Woche auch mal auf die Neurochirurgie", sagte sie. „Da liegt seit heute auch Jörg. Er durfte die Intensivstation verlassen."

„Oh, das wusste ich nicht, heute Morgen hatte Petra mir noch gesagt, dass es noch nicht sicher sei, wann der die Intensivstation verlassen kann."

Ich war traurig, dass Jörg sich gar nicht bei mir gemeldet hatte.

Ich nahm mir vor, ihn am nächsten Tag noch einmal zu besuchen. Ich hatte Sehnsucht nach ihm und machte mir Sorgen.

Als ich am nächsten Tag auf die Station der Neurochirurgie kam, hatte ich ein ungutes Gefühl. Wie würde Jörg sich mir gegenüber verhalten. Unser letztes Gespräch war nicht gut gelaufen. Ich fragte an der Anmeldung nach seiner Zimmer Nummer und klopfte dann ganz leise an.

„Ja bitte?" kam Jörgs Stimme aus dem Zimmer. Ich öffnete die Tür und sah ihn in einem Bett am Fenster liegen. Er hatte keinen Kopfverband mehr, sondern nur noch ein großes Pflaster. Er wirkte nicht mehr so blass, sah aber sehr müde aus.

„Hallo Jörg. Wie geht es Dir heute?" fragte ich und ging auf sein Bett zu.

„Es wird von Tag zu Tag besser, ich brauche nicht mehr so viele Schmerzmittel. Die Knochenbrüche heilen langsam!" sagte Jörg und versuchte sich aufzusetzen.

„Frag aber nicht nach meiner emotionalen Verfassung. Ich denke jeden Moment an diesen Unfall und wie es dazu kommen konnte. Ich höre immer noch das Geräusch, wie wir uns überschlagen haben und sehe Taios entsetztes Gesicht immer vor mir." Jörg schluckte und schloss die Augen.

Ich setzte mich an das Bett und streichelte Jörg über den Arm. Ich sagte nichts, weil ich Angst hatte, dass es Jörg wieder aufregen würde.

„Ich komme Ende der Woche in die Reha nach Freiburg!" sagte Jörg jetzt. „Dort kümmert man sich darum, dass ich bald wieder schmerzfrei bin."

„Das ist aber weit weg. Soll ich Dich begleiten?" fragte ich spontan.

„Nein, sei nicht böse aber ich muss allein sein und zur Ruhe kommen! Ich muss mir klar darüber werden, wie es für mich weitergehen soll. Ich kann nicht einfach zur Tagesordnung übergehen."

Ich war enttäuscht, konnte ihn aber auch verstehen.

„Du fehlst mir sehr. Ich hoffe, dass es Dir bald besser geht. Wenn Du mich brauchst, dann melde Dich. Ich bin dann in ein paar Stunden bei Dir!"

„Silvia war gestern bei mir!" sagte Jörg und schaute mir in die Augen. „Sie hat mir vorgeworfen, ich hätte unseren Sohn getötet, weil ich ihn an das Steuer gelassen habe." Jörgs Stimme wurde immer leiser.

„Sie ist im Unrecht und ist in ihrer Trauer ungerecht. Das ist ihr Versuch einen Schuldigen zu finden, für einen Unfall, in dem es keinen Schuldigen gibt."

„Aber ich gebe mir selbst auch die Schuld. Ich kann mir nicht vergeben!" sagte Jörg und sah verzweifelt aus.

Mir war klar was in ihm vorging. Er brauchte jetzt Zeit und Abstand. Ich konnte ihm nicht helfen. Meine Argumente kamen nicht bei ihm an. Vielleicht konnte man in der Reha eine psychologische Betreuung mit hinzuziehen. Ich hatte Angst, dass Jörg in eine Depression abrutschte.

Ich küsste ihn auf die kalten Lippen und sagte leise: „Ich komme Dich noch einmal besuchen bevor Du in die Reha gehst! Ich soll Dir übrigens viele Grüße von meinen Kindern und auch von Tom und Stefan bestellen!"

Jörg versuchte zu lächeln: „ Danke, grüß bitte zurück."

Ich stand auf und nahm meine Tasche, die ich auf dem Tisch abgestellt hatte. Als ich schon fast an der Tür war sagte Jörg: „Carina, komm bitte nicht mehr ins Krankenhaus. Ich muss mein Leben neu ordnen.

Schreib unseren Roman zu Ende und lass mich los. Ich bringe nur Unglück!"

Ich drehte mich abrupt um und rief: „Nein, das kannst Du mir nicht antun. Ich liebe und ich brauche Dich. Gib uns nicht auf. Du bist mein Glück!"

„Geh bitte! Ich muss allein sein! Meine Entscheidung ist getroffen!" Jörg schaute zum Fenster hinaus.

Ich schluchzte und öffnete die Tür. Ich hoffte, dass Jörg mich zurück hielt. Aber er blieb stumm.

Auf dem Flur ließ ich den Tränen freien Lauf. Eine junge Frau, die aus einem anderen Krankenzimmer kam, sah mich mitleidig an.

Ich weinte immer noch als ich in mein Auto stieg. Das konnte Jörg doch nicht ernst meinen. Wir liebten uns doch. Er war so verbittert und in Trauer, dass er jetzt diesen unbedachten Schritt machte. Er hatte das Gefühl nicht glücklich sein zu dürfen.

Es machte aber keinen Sinn, ihn jetzt weiter zu bedrängen. Ich brauchte Geduld und er die Zeit das Geschehene zu verarbeiten.

Als ich Zuhause angekommen war, war ich völlig erschöpft. Ich fühlte mich leer und unendlich müde. Ich machte mir einen Kaffee und legte mich auf die Couch. Als ich zwei Stunden später wieder wach wurde, war der Kaffee kalt und ich schüttete ihn in den Ausguss.

Ich schrieb Pia eine Nachricht und wollte wissen, ob ich uns für den Abend etwas kochen sollte.

Nach einer Weile schieb sie zurück, dass sie mit Tom in Leons Restaurant verabredet war.

Das war ein Grund für mich, endlich mal wieder an dem Roman weiter zu arbeiten. Ich kam erstaunlich gut weiter und hatte innerhalb weniger Stunden gleich zwei weitere Kapitel fertig gestellt. Ich las mir den Text noch einmal durch und war sehr zufrieden. Jörg hatte mir von einem kleinen Mädchen erzählt, das an einem seltenen Gendefekt litt. Ihre Eltern waren nicht in der Lage sie zu versorgen. Sie hatten das Mädchen einfach im Hospital abgegeben und sie nicht wieder abgeholt. Sie gehörten einem Nomadenvolk an. Sie zu finden war nahezu unmöglich. Also nahmen sich die Krankenschwestern ihrer an. Das Mädchen war vier Jahre alt und entwickelte sich wieder zurück. Sie hieß Saba, litt oft an Epilepsie und Schreikrämpfen. Sie konnte immer schlechter sprechen und war sehr unruhig.

Jörg hatte sie in sein Herz geschlossen. Er kümmerte sich in jeder freien Minute um sie. Und Saba war in seiner Gegenwart unerwartet ruhig. Sie schlief dann endlich und hatte viel seltener Anfälle. Aber die Krankheit war nicht aufzuhalten. Nach ein paar Monaten war sie ein Pflegefall. Eines Tages standen ihre Eltern auf einmal wieder im Hospital und sagten Jörg, dass sie ihm Saba schenken würden. Sie konnten nicht verstehen, dass das nicht ging. Aus ihrer Sicht war er der Einzige, der mit ihr umgehen konnte. Sie wollten die Kleine nicht zurück nehmen. Also blieb sie im Hospital und starb ein Jahr später in einer Nacht, als Jörg bei einem anderen Patienten gebraucht wurde. Er fand sie am nächsten Morgen tot in ihrem Bettchen. Auch damals hatte er lange gebraucht bis er darüber hinweg war, dass er nicht bei ihr war, als sie gestorben ist.

Wenn es so weiter ging war ich bald fertig mit dem Roman. Ich schickte Stefan die Datei mit den Kapiteln zu und bat ihn mir zu sagen, ob er damit zufrieden war. Mittlerweile sah ich in ihm mehr den Freund als den Verleger.

Keine Stunde später rief Stefan an.

„Guten Abend Carina, danke für die Datei. Ich habe gleich gelesen, was Du mir geschickt hast. Ich bin begeistert. Du hast eine so einfühlsame Art zu schreiben. Ich finde Du hast genau die richtige Balance zwischen Autobiografie und Liebesroman gefunden."

„Vielen Dank Stefan. Ich habe natürlich einige Dinge meiner Fantasie überlassen. Ich werde auch den Rest ohne Jörgs Hilfe schreiben. Er möchte erstmal nicht weiter daran arbeiten. Und er will auch im Moment keinen Kontakt zu mir!"

„Warum das denn?" Stefan wirkte überrascht.

„Der Unfall und der Tod seines Sohnes haben ihn vollkommen aus der Bahn geworfen." Ich seufzte.

„Die Mutter von Taio hat ihm schwere Vorwürfe gemacht. Er ist völlig am Boden und will keinen mehr sehen! Mich auch nicht!"

„Das tut mir alles sehr leid", sagte Stefan aufrichtig. „Ich glaube er braucht einfach nur Zeit."

Wir unterhielten uns noch eine Weile. Ich versprach Stefan ihn auf dem Laufenden zu halten.

Ein paar Tage später rief ich doch noch einmal im Krankenhaus an, um zu fragen wie es Jörg ging. Man sagte mir, dass er am Vortag in die Rehaklinik gebracht worden sei. Er hatte mir noch nicht einmal Bescheid gesagt. Ich war unendlich traurig.

Ich versuchte Jörg über sein Handy anzurufen, erreichte aber nur seine Mailbox. Ich hinterließ eine Nachricht, dass ich mich sehr freuen würde, wenn er sich meldet. Aber er rief nicht zurück.

Ich war froh, dass Pia bei mir war. So war ich wenigstens abends abgelenkt. Sie erzählte viel von ihrem neuen Job. Sie fühlte sich sehr wohl und freute sich, dass sie die richtige Entscheidung getroffen hatte. Auch Leon kam hin und wieder vorbei und kochte einmal für uns. Er hatte wirklich Talent. Und er war glücklich. Das war die Hauptsache.

Drei Wochen später traf ich mich noch einmal mit Stefan. Er hatte mich ins Theater eingeladen. Nach der Vorstellung gingen wir noch in eine Bar um einen Cocktail zu trinken.

„Hast Du noch mal was von Jörg gehört?" wollte Stefan wissen. „Ich wollte das Thema eigentlich nicht ansprechen, aber Du wirkst sehr traurig!"

„Er hat sich seit unserem letzten Treffen im Krankenhaus nicht mehr gemeldet. Auch auf meine Nachricht auf der Mailbox kam keine Reaktion." Ich nippte an meinem Drink.

Stefan nahm meine Hand und sagte leise: „Ich glaube Du musst langsam akzeptieren, dass es vorbei ist. Er wird sich nicht mehr melden."

„Aber ich kann doch nichts dafür, dass der Unfall passiert ist und er seinen Sohn verloren hat!" Ich konnte das alles nicht verstehen.

„Er hat das Gefühl nicht mehr glücklich sein zu dürfen. Genau wie Du als Georg gestorben ist. Deshalb will er Dich nicht mehr sehen. Er will sich selbst bestrafen!" antwortete Stefan.

Damit hatte Stefan den Nagel auf den Kopf getroffen. Auf einmal sah ich alles völlig klar. Ich nickte. Das einzige was ich machen konnte war zu warten und zu hoffen, dass Jörgs Liebe zu mir stärker als die Trauer ist.

Als ich später im Bett lag, war ich verzweifelt. Ich wollte Jörg nicht schon wieder verlieren. Aber ich wusste, dass ich es nicht mehr selbst in der Hand hatte.

In den nächsten Wochen schrieb ich wie besessen weiter an dem Roman und war am letzten Kapitel angekommen. Hier konnte ich nicht mehr weitermachen. Mir fiel es unheimlich schwer das Buch zu beenden.

In der ganzen Zeit hatte sich Jörg nicht gemeldet. Ich hatte einmal in der Rehaklinik angerufen um zu hören wie Jörgs Gesundheitszustand ist. Man sagte mir nur, dass der Heilungsprozess gut verlief. Alles andere sollte ich mit dem Patienten selbst besprechen.

Das Weihnachtsfest verbrachte ich mit den Kindern. Meine Mutter und ihr Mann kamen auch kurz vorbei. Ich hatte sie seit der Beerdigung nicht gesehen. Sie waren ein paar Monate auf Lanzarote. Die Beiden hatten sich dort ein kleines Haus gekauft. Zu Weihnachten waren sie allerdings immer in Deutschland.

Es war das erste Weihnachtsfest ohne Georg. Ich vermisste ihn sehr. Und ich dachte viel an Jörg. Ich wollte ihn nicht mehr anrufen. Er sollte den ersten Schritt machen.

Silvester feierte ich im Verlag. Stefan hatte seine Autoren und Mitarbeiter eingeladen. Auch seine

Tochter war da. Es war schön zu sehen, wie gut sie sich verstanden. Stefan stellte sie mir vor. Ich mochte sie sehr. Kurz nach Mitternacht verließ ich das Fest. Ich verabschiedete mich von Stefan. Er drückte mich fest und sagte: „Pass auf Dich auf. Ich mache mir Sorgen um Dich!"

Das neue Jahr begann mit einer Überraschung. Ich bereitete ein Abendessen für Pia und mich. Sie kam in die Küche und nahm Teller und Besteck aus dem Schrank.

„Mama, ich muss mal mit Dir reden!" sagte sie. Ich schaute sie erschrocken an.

„Keine Angst!" lachte sie und umarmte mich. „Es ist nichts passiert. Jedenfalls nichts Schlimmes. Aber ich werde nächsten Monat ausziehen!"

„Hast Du eine Wohnung gefunden?" fragte ich erstaunt, weil Pia mir gar nicht erzählt hatte, dass sie weiter gesucht hatte.

„Ich ziehe zu Tom. Wir lieben uns und wollen zusammen leben!" Sie strahlte. „Ich werde Deine neue Nachbarin!"

„Das ist ja wunderbar!" antwortete ich. Eigentlich überraschte es mich nicht. Nur das sie schon nach so kurzer Zeit zusammen ziehen wollten, kam etwas unerwartet.

„Du warst Dir doch bei Jörg und später bei Papa auch schnell sicher, dass ihr Euch liebt. Bei Tom und mir war es fast Liebe auf den ersten Blick!"

„Ich weiß! Ich war dabei!" sagte ich und lachte. „Ich freue mich und wünsche Euch Beiden alles Glück der Erde!"

Zwei Wochen später packte Pia ihre Sachen und Tom half ihr die Kartons über den Hof zu tragen. Einen Teil ihrer Möbel, die sie eingelagert hatte, holten sie in Toms Wohnung, den Rest verschenkten sie an Freunde.

Jetzt war ich wieder allein in der Wohnung. Die Einsamkeit setzte mir sehr zu. Ich war frustriert, weil mir auch für den Roman noch immer kein Ende eingefallen war. Ich machte lange Spaziergänge und mein Ziel war fast immer das Rheinufer. Insgeheim hoffte ich, dass ich dort Jörg treffen würde. Aber meine Hoffnung wurde enttäuscht. Keiner warf mit mir Steine.

Als der Frühling kam ging es mir etwas besser. Ich fuhr für eine Woche an die Ostsee. Hier am Meer konnte ich endlich wieder zur Ruhe kommen. Ich machte lange Spaziergänge und Radtouren und lies mir den Wind um die Nase wehen.

Als ich wieder Zuhause angekommen war, hatte sich eine Menge Post angesammelt. Ein Brief ließ mein Herz gleich wie verrückt klopfen. Ich erkannte

Jörgs Schrift. Ich riss dem Umschlag auf und begann zu lesen:

Carina, mein Herz. Ich schicke Dir ein paar Fotos von uns, aus der Zeit, als wir so glücklich waren. Das hatte ich Dir versprochen. Es tut mir leid, dass ich mich so lange Zeit nicht gemeldet habe. Ich brauchte diese Zeit, um über meine Zukunft nachzudenken. Ich bin zu der Überzeugung gekommen, dass ich hier in Deutschland nicht glücklich werden kann. Ich habe mein eigentliches Ziel aus den Augen verloren. Ich werde wieder als Arzt nach Sri Lanka gehen. Meine Organisation hat mir angeboten, die Leitung eines Hospitals in der Nähe von Colombo zu übernehmen. Kannst Du Dir vorstellen mit mir zu gehen? Ich weiß, dass es ein großer Schritt für Dich ist. Ich vermisse Dich so sehr. Jörg

Meine Hände zitterten, als ich die Fotos aus dem Umschlag nahm. Es waren fast alles Fotos von mir. Ich konnte mich an jeden einzelnen Moment erinnern. Auf einem der Bilder waren Jörg und ich gemeinsam zu sehen. Es hatte damals eine Freundin von mir gemacht. Jörg und ich saßen bei ihr im Garten auf einer Wippe. Mir kamen die Tränen. Wie jung wir doch waren und wie unbeschwert.

Und jetzt verlangte Jörg von mir, nachdem er sich wochenlang nicht gemeldet hatte, dass ich ihm in ein Land folgte, dass mir Angst machte.

So weit von Deutschland entfernt und so weit weg von meinen Kindern. Ich las den Brief noch einmal und war hin und her gerissen zwischen der Freude, dass sich Jörg gemeldet hatte und der Tatsache, dass ich mich wieder einmal entscheiden musste. Jetzt brauchte ich Zeit!

Ich räumte meinen Koffer aus und steckte die schmutzige Wäsche in die Waschmaschine. Ich rief Pia und Leon an um zu sagen, dass ich gut wieder zuhause angekommen war. Danach nahm ich mir ein Glas Wein und setzte mich auf die Terrasse. Das Wetter war sonnig und man konnte schon draußen sitzen. Ich liebte meine Wohnung und die Ruhe mitten in der Stadt. Sollte ich das alles aufgeben? Meine Kinder vielleicht monatelang nicht sehen können. Meinen Beruf konnte ich natürlich überall ausüben, aber ich hatte Angst, dass ich Jörg nach Asien folgte und dann dort allein war. Jörg hatte seinen Beruf, der in voll in Anspruch nahm. Er würde nicht viel Zeit für mich haben.

Ich wollte mich an diesem Abend nicht bei ihm melden. Ich konnte noch keine Entscheidung treffen.

Ich schlief schlecht und träumte, dass ich in einem Labyrinth den Ausgang nicht finden konnte und wachte schweißgebadet auf.

Nach dem Frühstück rief ich Steffi, meine frühere Nachbarin an. Sie freute sich sehr, dass ich sie zu mir einlud und kam am frühen Nachmittag.

„Wie schön, dass wir uns endlich einmal wieder sehen. Du hast Dich lange nicht gemeldet. Geht es Dir denn gut?" wollte sie gleich wissen, als wir uns an den Esszimmertisch gesetzt hatten.

Ich goss ihr einen Kaffee ein und sagte: „Ach Steffi, es ist so viel passiert in den letzten Wochen. Es tut mir leid, dass ich nicht angerufen habe, aber ich hatte eine schwere Zeit."

Ich erzählte ihr von Jörgs Unfall und das er sich so lange nicht gemeldet hatte. Als ich ihr erzählte, dass er mich mit nach Sri Lanka nehmen wollte, schaute sie mich verwundert an.

„Ist das Dein Ernst? Du willst hier alles zurücklassen und einem Mann folgen, der nur an sich selbst denkt!"

„Ich habe darüber nachgedacht. Ich liebe ihn", antwortete ich.

„Dann denk lieber weiter darüber nach. Ich verstehe, dass er nach dem Unfall den Halt verloren hat. Aber was er jetzt macht, ist davon zu laufen. Wenn er Dich wirklich liebt, dann habt ihr nur hier eine Chance glücklich zu werden. Ich glaube Du wirst nach kurzer Zeit vor Heimweh und Sehnsucht nach Deinen Kindern zurück wollen!" Steffi sah mich an und schüttelte den Kopf.

Ich stand auf und ging ans Fenster. Ich schaute hinaus. Die Bäume fingen an zu blühen, die Vögel zwitscherten und mir wurde klar, dass ich in ein

Land wollte, in dem es keine Jahreszeiten gab und in dem das ganze Jahr eine schwüle Hitze herrschte.

Steffi stand ebenfalls auf und stellte sich neben mich. Sie legte ihre Hand auf meine Schulter.

„Wenn Du meinen ehrlichen Rat willst, dann rate ich Dir davon ab mit Jörg zu gehen. Ich glaube nicht, dass es gut gehen würde!"

Sie nahm mich in den Arm. Mir kamen die Tränen, weil ich wusste, dass sie wahrscheinlich Recht hatte.

Als sie gegangen war, rief ich Jörg an. Ich wusste nicht, ob er schon wieder in der Praxis arbeitete. Ich versuchte es auf dem Handy. Als die Mailbox ansprang sagte ich: „Hallo Jörg, ich bin es Carina! Wenn Du Zeit hast, ruf mich doch bitte zurück. Ich habe Deinen Brief bekommen und möchte mit Dir sprechen!"

Ungefähr eine Stunde später klingelte es an meiner Tür. Es war Jörg. Er wirkte unsicher, sah aber sehr gut aus. Er schien sich wenigstens körperlich gut erholt zu haben.

„Komm herein!" sagte ich und ging ins Wohnzimmer. „Setz Dich doch, möchtest Du etwas trinken? Kaffee oder ein Glas Wein?" fragte ich.

Jörg setzte sich auf die Couch und fragte, ob er ein Glas Wasser haben könnte. Ich holte die

Wasserflasche aus dem Kühlschrank und reichte ihm dann das Glas.

„Setz Dich doch bitte zu mir!" sagte er und deutete auf den Platz neben sich. Ich nickte und setzte mich zu ihm.

„Ich glaube, ich habe viel falsch gemacht", sagte er und schaute zu mir. „Aber ich war nach dem Unfall nicht in der Lage klar zu denken. Es tut mir so leid, dass ich Dich so allein gelassen habe."

Ich hatte einen Kloß im Hals und konnte nicht antworten. Jörg sprach gleich weiter.

„Du hast meinen Brief gelesen? Was sagst Du dazu. Würdest Du mit mir gehen. Lass uns in Sri Lanka noch einmal neu beginnen!" Er schaute mich flehend an.

„Jörg, ich brauche nicht neu beginnen. Für mich war es nie zu Ende. Ich habe Dich immer geliebt und würde alles für Dich tun. Aber ich kann mit Dir nicht in eine ungewisse Zukunft gehen. Ich bin kein Teenager mehr. Ich habe Kinder und eine Heimat, die ich liebe. Wenn Du wirklich gehen musst, dann wirst Du es ohne mich tun!"

Jörg schaute mich entsetzt an. „Du kommst nicht mit mir? Dann liebst Du mich auch nicht!" sagte er enttäuscht.

„Das könnte ich auch zu Dir sagen. Wenn Du mich wirklich liebst, dann bleibst Du bei mir!" sagte ich leise.

Jörg stand auf und stellte das Glas so hart auf dem Tisch ab, dass es einen lauten Knall gab. Er kam auf mich zu und griff nach meiner Hand.

„Ich bin enttäuscht von Dir. Nie hätte ich gedacht, dass Du so ein Feigling bist!" sagte er.

„Wer ist denn der Feigling und läuft davon?" fragte ich.

Er ließ meine Hand los, ging zur Wohnungstür und knallte sie beim Herausgehen hinter sich zu.

Ich war wie vor den Kopf gestoßen und wollte ihm nachlaufen. Aber dann überlegte ich es mir und ich ging zurück ins Wohnzimmer. Ich nahm mein Wasserglas und warf es vor Wut und Enttäuschung an die Wand.

Ich weinte und konnte mich gar nicht beruhigen. Jetzt war es wirklich vorbei.

Die Tage nachdem Jörg gegangen war erlebte ich wie im Nebel. Ich war hin und hergerissen, ob ich ihn nicht doch noch einmal anrufen sollte. Ich wollte ihn nicht endgültig verlieren. Ich hoffte immer noch, dass er sich bei mir meldete.

Am Ende der nächsten Woche fuhr ich dann doch zu seiner Praxis. Ich konnte meinen Augen kaum glauben. An der Praxis und an der Wohnung waren die Schilder abgehängt worden. Ich klingelte trotzdem in der Praxis. Es wurde aber nicht geöffnet. Auch die Wohnung von Jörg schien unbewohnt zu sein. Als ich gehen wollte, kam ein älterer Herr aus dem Haus. Ich sprach ihn an: „Guten Tag, kennen Sie Dr. Bischoff, wissen Sie ob er noch hier wohnt?"

Der Mann schüttelte den Kopf. „Die Praxis ist seit seinem Unfall geschlossen. Er selber ist vorgestern ausgezogen. Ich habe die Wohnung jetzt gemietet!"

Ich dankte ihm für die Auskunft und ging zurück zum Auto. Mir zitterten die Hände, als ich den Motor startete. So konnte ich nicht fahren. Ich schaltete das Auto wieder aus und musste mich erst beruhigen.

Jörg hatte sich noch nicht einmal von mir verabschiedet. Er war ohne ein weiteres Wort wieder aus meinem Leben verschwunden.

Nach ein paar Minuten hatte ich mich soweit im Griff, dass ich wieder fahren konnte. Ich fuhr an den Rhein. Nur hier konnte ich wirklich einen klaren Gedanken fassen.

Das Geräusch, des ins Wasser fallenden Steins, machte mich diesmal unendlich traurig. Ich beugte mich, um den Nächsten aufzuheben.

Da sah ich Pia Hand in Hand mit Tom auf mich zukommen.

„Mama, brauchst Du auch mal frische Luft? Endlich ist Frühling. Ich habe Dich ein paarmal angerufen und bei Dir geklingelt. Wo warst Du denn?" rief Pia.

Ich begrüßte sie und Tom und sagte nur: „Ich hatte einiges zu tun. Der Roman ist fast fertig. Dazu brauchte ich ein bisschen Ruhe!"

„Komm doch mal zu uns rüber, ich könnte uns was Schönes kochen", Pia zwinkerte mir zu. „Nudeln bekomme ich schon hin!"

Ich musste lächeln. Pia hatte im Gegensatz zu Leon nie Spaß am Kochen gehabt.

„Ich komme in den nächsten Tagen vorbei, versprochen!" sagte ich. „Ich rufe vorher aber an!"

„Wir würden uns freuen!" sagte Tom. „Du bist jederzeit willkommen."

Ich nickte und verabschiedete mich von den Beiden. Ich wollte heute allein sein.

Ein paar Tage später hatte ich den Roman fertig gestellt. Ich ließ das Ende offen. Der letzte Satz lautete:

Er schaute auf die Anzeigetafel und kontrollierte die Abflugzeiten. Er musste zu Gate B und hatte nicht mehr viel Zeit. Sein Flug nach Colombo ging in einer Stunde. Wieder einmal nahm er Abschied von Deutschland und von Maria. Er drehte sich noch einmal um. Die Halle war voller Menschen, aber sie war nicht gekommen. Er nahm seinen Koffer und ging in eine ungewisse Zukunft, wie er es schon so oft getan hatte.

Ich speicherte den Text ab und schickte die Datei, ohne sie noch einmal zu lesen, an Stefan.

Stefan schrieb mir ein paar Tage später eine Mail, in der er mir mitteilte, dass bis auf ein paar kleine Korrekturen, der Roman so in den Handel gehen konnte. Er war sicher, dass er ein Erfolg werden würde. Mir war das egal. Ich wollte mich nicht mehr damit beschäftigen, weil mich alles an Jörg erinnerte.

Ich fuhr ein paar Wochen später zur Frankfurter Buchmesse. Wie Stefan es vorhergesehen hatte, wurde der Roman innerhalb kürzester Zeit zum Bestseller. Meine Leser waren begeistert und ließen über den Verlag fragen, ob eine Fortsetzung geplant sei. Bei den Lesungen, in den verschiedenen Buchhandlungen, wurde ich immer wieder gefragt, wer Maria sei und ob es sie wirklich gab. Ich ließ die Frage unbeantwortet. Dass Maria mein zweiter Vorname war, wusste ja kaum jemand. Diese Lesungen waren für mich jedes Mal eine Herausforderung. Ich wurde dadurch immer wieder an Jörg erinnert. Ich versuchte doch verzweifelt ihn zu vergessen.

Nach der letzten Lesung in einer Buchhandlung in einem Bonner Vorort, holte mich Stefan ab.

„Na Du Bestseller Autorin!" sagte er und grinste. „Darf ich meine erfolgreichste Schriftstellerin zum Essen einladen?" fragte er.

Ich hatte großen Hunger. Da die Besucher der Lesung immer wieder Bücher signieren lassen wollten oder persönliche Dinge wissen wollten, war es schon sehr spät geworden.

Wir gingen in eine kleine urige Pizzeria, die gleich um die Ecke lag. Stefan bestellte uns Rotwein und wir entschieden uns Beide für ein Pasta Gericht. Ich aß mit Heißhunger und Stefan amüsierte sich, weil ich Tomatensauce auf meinem weißen Shirt verteilt hatte. Es wurde ein sehr schöner Abend. Ich war froh, dass ich ab sofort wieder öfter Zuhause sein konnte. Die letzten Wochen waren doch ziemlich anstrengend gewesen.

Nach dem Essen brachte Stefan mich nach Hause. Als ich aussteigen wollte fragte er plötzlich: „Darf ich noch mit zu Dir kommen? Ich möchte noch nicht nach Hause!"

„Zur Feier des Tages spendiere ich noch eine Flasche Wein. Dann musst Du aber das Auto stehen lassen", sagte ich.

Wir gingen in meine Wohnung. Stefan half mir die Flasche zu entkorken. Wir saßen eine Zeitlang schweigend nebeneinander, als Stefan mir das Glas aus der Hand nahm und mich küsste. Ich war überrascht, aber ich ließ es geschehen. Er zog mich hoch und führte mich in mein Schlafzimmer. Ich war so einsam und Stefan war sehr zärtlich. Ich brauchte an diesem Abend seine Nähe.

Als ich am nächsten Morgen erwachte, hatte Stefan schon Kaffee gekocht. Er kam jetzt mit einer Tasse für uns Beide ins Schlafzimmer. Er hatte sich nur ein Handtuch umgebunden und war gut gelaunt.

„Guten Morgen Du Langschläferin!" sagte er und legte sich wieder zu mir ins Bett. Er reichte mir den Kaffee und küsste mich leicht auf dem Mund.

„Was machst Du denn in meinem Bett?" fragte ich frech und musste über sein erstauntes Gesicht lachen.

Wir blieben noch bis zum Mittag im Bett und dann musste Stefan in den Verlag. Er hatte noch einen Termin. Ich ging unter die Dusche und ließ den letzten Abend noch einmal Revue passieren. Stefan war ein einfühlsamer, zärtlicher Liebhaber. Aber die Gefühle, die ich Jörg gegenüber hatte, waren wesentlich intensiver. Trotzdem war es sehr schön mit ihm und ich musste lächeln, als ich daran dachte, was er mir am Morgen ins Ohr geflüstert hatte.

„Weißt Du wie lange ich auf diesen Moment gewartet habe? Ich hatte schon die Hoffnung aufgegeben, dass Du mir jemals eine Chance geben wirst. Ich liebe Dich schon so lange und bin in diesem Moment unheimlich glücklich!"

Nach der Dusche zog ich mich an und räumte die Wohnung auf. Es klingelte an der Tür und ich schaute durch den Spion. Es war Pia.

„Hallo Mama, alles gut bei Dir?" wollte sie wissen und grinste.

„Alles bestens, wieso fragst Du?" stellte ich die Gegenfrage.

„Ich habe heute Mittag Stefan aus Deiner Wohnung kommen sehen. Das Auto stand aber schon gestern Abend vor dem Haus!" sagte sie und zwinkerte mir zu. „Das ist der Nachteil, wenn die Tochter im Nebenhaus wohnt."

„Ich habe keine Geheimnisse vor Euch und in meinem Alter bin ich froh, wenn überhaupt ein Mann über Nacht bleibt!" sagte ich und wir Beide lachten schallend.

„Was für ein Quatsch!" sagte Pia. „Du bist für Dein Alter noch ein heißer Feger!" Ich musste schon wieder lachen und fragte Pia, ob sie etwas trinken möchte.

„Ja, aber keinen Alkohol!" sagte sie und schaute verlegen.

„Musst Du noch fahren?" fragte ich und holte ein Glas aus dem Schrank.

„Nein, das nicht, aber ich werde die nächsten neun Monate auf Alkohol verzichten müssen! Du wirst Oma!"

Ich stellte das Glas ab und ging um den Tisch auf sie zu. Ich nahm sie in den Arm und flüsterte: „ Pia das ist ja eine wunderbare Nachricht, auch wenn sie etwas unerwartet kommt! Ich freue mich so für Euch!"

„Wir haben auch nicht damit gerechnet, zumal wir verhütet haben. Aber ich vertrage die Pille so schlecht und habe sie auch manchmal vergessen!" sagte Pia etwas schuldbewusst. Trotzdem freuen Tom und ich uns wie verrückt."

„Und Dein Job?" fragte ich. „Du hast ja erst vor ein paar Monaten dort angefangen!"

„Das muss ich noch absprechen. Ich wollte es erst Dir sagen. Ich bin ja noch ganz am Anfang und wollte noch warten, bis ich das Krankenhaus informiere.

„Ich werde Oma! Ich kann es kaum glauben!" sagte ich und drückte Pia noch einmal fest an mich. „Pass bloß auf Dich auf und überanstrenge Dich nicht!"

„Ja! Mama!" sagte sie und verdrehte die Augen. Ich lächelte, weil ich wusste, dass sie keine Ratschläge mehr von mir brauchte.

Als Pia gegangen war nahm ich mir zur Feier des Tages ein Glas Sekt. Ich wollte auf mein Enkelkind anstoßen.

Am Abend rief Stefan an und ich erzählte ihm die Neuigkeit.

Er gratulierte mir und sagte: „Ich weiß aber nicht, ob ich nochmal mit einer Oma schlafen möchte!"

Weil es mir die Sprache verschlagen hatte, konnte ich nicht gleich darauf antworten. Ich hörte Stefan laut lachen und dann sagte er: „Du bist die schönste Oma die ich kenne. Und sexy noch dazu!"

„Da hast Du aber gerade nochmal so die Kurve gekriegt!" antwortete ich.

„Darf ich bald mal wieder bei Dir übernachten?" fragte Stefan. „Ich weiß jetzt erst, wie einsam und langweilig es bei mir, allein in meinem Bett ist!"

„Ich muss mal überlegen, wann die Oma nochmal Zeit für Dich hat. Man ist ja nicht mehr die Jüngste!" ärgerte ich ihn.

„Ich bin gleich bei Dir wenn es Dir Recht ist!" hörte ich Stefan sagen und ich antwortete: „Beeil Dich!"

In den folgenden Wochen sahen wir uns regelmäßig. Manchmal blieb Stefan bei mir und ich übernachtete, wenn es sich ergab, auch bei ihm.

Es war schön mit Stefan. Er war wirklich ein toller Mann. Ich hatte die Hoffnung, dass sich meine Gefühle ihm gegenüber ändern würden, je länger wir zusammen sind. Aber er war für mich immer nur ein guter Freund. Ich musste mir eingestehen, dass es sich wahrscheinlich nie ändern würde. Das reichte mir aber nicht für eine dauerhafte Beziehung.

Ein paar Tage später saßen wir auf meiner Terrasse, als Stefan plötzlich fragte: „Könntest Du Dir vorstellen mit mir zusammen zu ziehen? Ich möchte immer bei Dir sein!"

Ich musste schlucken und suchte nach der passenden Antwort. Als mir so schnell nichts einfiel sagte Stefan stattdessen: „ Das ist Dir noch zu früh oder?"

Als ich immer noch nicht antwortete schaute Stefan mir tief in die Augen: „Du hoffst doch nicht immer noch, dass Jörg zurück kommt?" fragte er.

Ich sagte nichts und schaute zur Seite.

„Ich hab den Nagel auf den Kopf getroffen!" sagte Stefan traurig. „Du wirst mich nie so lieben wie ihn!"

„Es tut mir leid Stefan. Aber ich habe Dir nie etwas vorgemacht. Ich bin gern mit Dir zusammen. Ich mag Dich sehr und Du bist ein guter Freund."

„Aber Du liebst mich nicht!" sagte Stefan resigniert.

Ich wollte ihn nicht belügen und schüttelte den Kopf. Er stand auf und kam auf mich zu. Er beugte sich zu mir hinunter und küsste mich.

„Ich habe verstanden. Sei mir nicht böse, aber ich gehe jetzt und werde nicht wieder kommen. Wenn Du wieder anfängst zu schreiben, lass es mich wissen. Leb wohl Carina!"

Er holte seinen Mantel von der Garderobe und schloss leise die Wohnungstür hinter sich.

Ich blieb noch lange auf der Terrasse sitzen und war unendlich traurig, dass ich Stefan so enttäuscht hatte. Aber ich fühlte auch, dass es das einzig Richtige war.

Am nächsten Tag besuchte ich, wie so oft, Georgs Grab. Es gab mir Halt, wenn ich ihm in Gedanken meine Gefühle sagen konnte. Er hatte mir immer die Ruhe und Kraft gegeben, wenn ich verzweifelt war. Ich musste weinen, als ich daran dachte, wie er dann meinen Kopf zwischen seine Hände nahm, mir in die Augen sah und sagte: „Alles wird gut Carina!"

Als ich in der Jacke nach einem Taschentuch suchte, sah ich Frau Dr. Frankenbach auf mich zukommen. Ich wusste, dass ihr Sohn auch hier auf dem Friedhof beerdigt war. Sie schaute mich an und blickte dann auf den Grabstein.

„Ist das ihr Mann, der hier liegt?" fragte sie. Ich nickte.

„Ja, er ist letztes Jahr an Krebs gestorben!"

„Das tut mir leid." Sie legte ihre Hand auf meine Schulter.

„Wie geht es Ihnen denn Frau Dr. Frankenbach?" wollte ich wissen.

„Wollen wir uns nicht duzen? Ich heiße Silvia", antwortete sie.

„Gerne. Ich heiße Carina!"

„Ich komme fast jeden Tag auf den Friedhof!" sagte sie. „Aber ich mache Jörg keine Vorwürfe mehr! Taio hatte erst kurz den Führerschein. Er ist oft heimlich mit dem Auto von mir oder meinem Mann gefahren. Er fuhr sehr riskant. Als er mich damals in Düsseldorf von der Fortbildung abholte, hatten wir auch fast einen Unfall!"

Sie schluckte und ich merkte, dass ihr die Erinnerung schwer fiel. Aber sie sagte weiter: „Ich habe Jörg damals schlimme Vorwürfe gemacht. Das tut mir wahnsinnig leid. Ich wollte mich schon lange bei ihm entschuldigen, aber er ist wie vom Erdboden verschluckt!"

„Er ist wieder nach Sri Lanka gegangen!" sagte ich. „Er hat hier alles aufgegeben, weil ihn alles an Taio und den Unfall erinnert hat!"

Sie schaute mich erstaunt an. „Und er hat sie verlassen?"

„Er wollte, dass ich mit ihm komme, aber ich hatte Angst vor der Veränderung und wollte in der Nähe meiner Kinder bleiben!"

Sie nickte und nahm mich in den Arm. „Alles Gute Carina!" sagte sie.

„Das wünsche ich Dir auch!" antwortete ich und sah ihr nach, wie sie Richtung Ausgang ging.

Als ich zuhause ankam, hatte mir Pia auf die Mailbox gesprochen und sich bei mir zum Essen eingeladen. Sie hatte Heißhunger auf Risotto. Letzte Woche war es noch Vanilleeis mit heißen Himbeeren. Ich musste lachen, denn ich hatte in der Schwangerschaft auch solche Phasen. Ich rief sie an und wir verabredeten uns für den frühen Abend. So hatte ich noch genug Zeit um noch einmal einkaufen zu gehen.

Später bereitete ich dann das Essen vor und ging noch einmal unter die Dusche.

Bei Pia war die Schwangerschaft jetzt schon deutlich zu sehen. Sie war jetzt im vierten Monat. Sie küsste mich auf die Wange und schnupperte.

„Das riecht ja schon göttlich. Ich träume seit Tagen von Deinem Pilz Risotto. Mal sehen, was es nächste Woche ist. Tom findet das mittlerweile gar nicht mehr lustig", sagte sie und grinste.

„Setz Dich doch noch einen Moment ins Wohnzimmer. Es dauert noch ungefähr zehn Minuten bis das Essen fertig ist!" Ich rührte fleißig im Risotto, damit es nicht anbrannte.

Ich hörte wie Pia den Fernseher einschaltete und auf einmal sagte: „Mama, komm mal schnell. Jörg ist im Fernsehen!"

Ich ging rasch ins Wohnzimmer und sah, dass sie Recht hatte. Es wurde eine Reportage über das Hospital in Sri Lanka gezeigt. Jörg beantwortete gerade die Fragen eines Reporters über die Finanzierung und über Spendenmöglichkeiten. Mir zitterten die Knie und ich musste mich setzen. Jörg zu sehen machte mich unendlich glücklich. In diesem Moment wünschte ich mir nur bei ihm zu sein!"

„Du bist ja ganz blass geworden!" sagte Pia und schaute besorgt. „Du liebst ihn immer noch, stimmt's?"

„Wie sehr ich ihn liebe merke ich jetzt gerade. Ich habe einen großen Fehler gemacht, dass ich nicht mit ihm gegangen bin!" antwortete ich jetzt.

Der Bericht war zu Ende und es lief jetzt Werbung. Ich ging zurück in die Küche und rettete gerade noch das Risotto.

Pia war mir gefolgt und sagte jetzt: „Warum folgst Du ihm denn nicht jetzt noch? Ich glaube er wartet auf Dich!"

„Ich habe nicht den Mut. Ich möchte Euch auch nicht allein lassen. Vor allem Dich nicht, jetzt wo Du schwanger bist!"

„Mama schieb uns nicht als Begründung vor. Wir sind erwachsen und das Baby kommt erst in fünf Monaten. Du kannst uns doch jederzeit besuchen.

Wie lange fliegt man nach Sri Lanka! Zehn Stunden? Das ist doch heutzutage nichts mehr!"

Ich häufte das Risotto auf zwei Teller und stellte sie auf den Tisch. Dazu gab es einen Salat. Ich holte uns noch Wasser und füllte die Gläser bevor ich antwortete: „Ich habe Angst, dass Jörg mich jetzt wieder weg schickt. Und ich habe Angst vor dem fremden Land, von dem ich nur weiß, dass dort Armut und Krankheiten herrschen."

„Krankheit und Armut gibt es hier auch. Gönn Deinem Leben mal etwas Abenteuer. Jetzt hast Du die Chance. Papa war immer so bodenständig. Für ihn war Spanien schon eine Herausforderung. Aber Du willst doch Deine große Liebe nicht aufgeben ohne es wenigstens einmal zu versuchen!"

Pia war richtig energisch geworden. Und sie hatte Recht mit allem was sie gesagt hatte.

„Ich weiß ja noch nicht einmal wo das Hospital ist!" sagte ich kleinlaut.

„In Zeiten von Internet kann ich das in ein paar Minuten für Dich heraus bekommen. Ich google Jörg einfach. Er ist ein bekannter Arzt und ich bekomme bestimmt heraus, wo er jetzt ist."

Nach dem Essen ging Pia an meinen Computer. Nach ein paar Minuten Suche grinste sie und kritzelte etwas auf einen Zettel.

Sie reichte mir den Zettel und ich las: Ayubowan Medical Hospital, Kalutara, Sri Lanka.

„Also hol Deinen Koffer und buch den Flug", sagte Pia und schaute stolz, weil sie so schnell die Adresse herausgefunden hatte.

In den nächsten zwei Wochen buchte ich einen Flug nach Colombo und mietete vorsichtshalber ein Hotelzimmer in Kalutara, falls ich doch nicht bei Jörg bleiben würde. Ich verabschiedete mich tränenreich von meinen Kindern und Freunden.

Am Tag der Abreise war ich so nervös, dass ich alles zehnmal kontrollierte und viel zu früh am Flughafen war. Leon hatte mich mit seinem Auto gefahren. Pia und Tom waren am Vorabend bei mir und versprachen, sich sofort zu melden, falls etwas sein sollte.

Leon und ich tranken, nachdem ich mein Gepäck aufgegeben hatte, noch einen Kaffee. Dann verabschiedete er sich auch, drückte mich fest und sagte: „Du machst das Richtige. Du würdest es bis an Dein Lebensende bereuen, wenn Du ein kleiner Feigling bist!" Er lachte und küsste mich.

Jetzt wurde es ernst. Ich musste durch die Sicherheitskontrolle und ging dann zu meinem Gate. Ich schlenderte noch einmal durch den Duty Free Shop um mich abzulenken. Meine Nervosität wurde immer schlimmer. Ich war noch nie so weit geflogen. Und dann auch noch ins Ungewisse.

Jetzt wurde der Flug aufgerufen. Ich stellte mich in die Schlange der anderen Reisenden. Vor mir stand ein junges Mädchen mit Rucksack. Sie flog auch allein. Sie sprach mich an: „Hallo, ich bin Tanja. Freuen Sie sich auch schon so auf Sri Lanka? Ich bin schon das dritte Mal dort!"

Ich atmete auf. Dann war es vielleicht doch ein wunderschönes Land und meine Sorge war unbegründet. Ich antwortete: „Es ist meine erste Reise. Vor allem eine so weite! Ich hab etwas Angst, wenn ich ehrlich bin!"

Tanja lächelte und meinte: „Sie werden begeistert sein. Es ist so traumhaft schön in Sri Lanka. Und ich bin ja auch im Flieger. Wenn etwas ist, kommen sie zu mir. Ich sitze Reihe zwölf."

Ich schaute auf mein Ticket. Ich saß Reihe zwanzig.

„Danke für das Angebot Tanja. Wenn Jemand mit feuchten Händchen bei Ihnen auftaucht, dann bin ich das." Wir lachten Beide und ich fühlte mich schon viel weniger ängstlich.

Ich hatte einen Fensterplatz bekommen. Neben mir nahm ein junger Mann Platz. Er begrüßte mich und setzte sich dann gleich Kopfhörer auf. Das signalisierte mir, dass er sich nicht unterhalten wollte. Ich nahm eine Zeitschrift und versuchte mich abzulenken. Beim Start krallte ich mich an der Lehne fest. Langsam wurde ich ruhiger und bald konnte ich den Flug sogar genießen. Irgendwann schlief ich ein. Als ich erwachte waren wir schon über Indien. In zwei Stunden sollten wir landen. Jetzt konnte ich mir vorstellen, wie sich Jörg gefühlt haben musste, wenn er in einem Land ankam, von dem er kaum etwas wusste.

Als sich die Türen des Flugzeuges öffneten und wir über die Treppe ins Freie gingen, umfing uns eine schwüle Hitze. Es war früher Morgen, aber schon jetzt unerträglich heiß. Ich war froh, als wir im klimatisierten Flughafengebäude waren.

Nach der Passkontrolle holte ich meinen Koffer. Pia hatte über das Internet herausgefunden, dass ich mit dem Taxi fahren konnte. Selbst bei größeren Entfernungen war das kein Problem. Die Preise waren nicht mit denen in Deutschland zu vergleichen. Ich stellte mich in die Schlange am Taxistand und wartete bis ich an der Reihe war.

Aus dem etwas in die Jahre gekommenen Taxi stieg ein Mann in meinem Alter und kam strahlend auf mich zu. Er sagte mir auf Englisch, dass ich herzlich willkommen in seinem Land sei und stellte sich als Bandula vor. Er holte mein Gepäck und wuchtete es in den Kofferraum. Ich gab ihm einen Zettel auf dem der Hotelname stand. Er schaute mich ungläubig an. „Kalutara? You want to go there?"

Ich nickte und er sagte erfreut: „It is far away. Nearly 40 Miles!"

Ich wusste, dass es knapp sechzig Kilometer nach Kalutara waren und bestätigte ihm nochmal, dass ich genau dorthin wollte.

Er öffnete mir die Tür und ich stieg vorne neben ihn ein. Ich rechnete damit, dass wir etwa eine Stunde brauchen würden. Da hatte ich aber noch nicht mit den Straßenverhältnissen in Sri Lanka gerechnet. Es war unglaublich, was dort alles auf der Straße unterwegs war. Klapprige Autos, LKWs die aussahen als würden sie auseinander fallen, Mofas auf denen bis zu 4 Personen saßen und immer wieder Tuk Tuks, die dreirädrigen Motoradrikschas. Ich war begeistert und beeindruckt von diesem Gewimmel. Alle waren trotz der beengten Straßen ganz entspannt und an das ständige Hupen hatte ich mich auch schnell gewöhnt.

Bandula fuhr umsichtig und schien keine Eile zu haben. Ich schaute aus dem Fenster. Langsam verließen wir die Großstadt und es wurde ländlicher. Die Landschaft war atemberaubend. Und es roch ganz wunderbar. Immer wieder erklärte mir Bandula, wie die Bäume und Pflanzen hießen. Plötzlich liefen Affen über die Straße. Keiner nahm Notiz von ihnen. Anscheinend war das so, als wenn bei uns ein Hund vorbeiläuft. Manchmal konnte ich aus der Ferne das Meer erkennen. Wir waren jetzt schon fast eine Stunde unterwegs und hatten knapp die Hälfte der Strecke geschafft. Jetzt wurde mir langsam klar, warum Bandula so erstaunt nachgefragt hatte, wohin ich wollte. Nach einer weiteren halben Stunde verließen wir die Hauptstraße und fuhren über eine Schotterpiste. Mir wurde angst und bange. Bandula lächelte nur. Ihm machte das Schaukeln und das Ächzen der Achsen nichts aus. Plötzlich machte er eine Vollbremsung. Ich konnte mich gerade noch abstützen.

„Sorry Lady, the Elefants!" sagte er. Ich konnte es kaum glauben, aber genau vor unserem Taxi überquerten mehrere riesige Elefanten die Straße. Bandula erklärte mir, dass sie hier morgens und abends immer ihr Revier wechselten. Und sie hatten Vorfahrt. Es war wie im Traum.

Wir hatten Kalutara fast erreicht. In der Stadt angekommen, musste mein Fahrer eine alte Frau, die am Straßenrand Blumen verkaufte, nach dem Hotel fragen. Und kurze Zeit später waren wir dort angelangt. Es lag sehr idyllisch in einer Parkanlage, direkt am Meer. Das Reiseprospekt hatte nicht gelogen. Bandula half mir noch meinen Koffer aus dem Auto zu holen. Dann bezahlte ich einen nahezu lächerlichen Preis für die Fahrt und gab Bandula ein gutes Trinkgeld. Er strahlte und fuhr winkend davon.

Ich ging an die Rezeption, wo mir eine wunderschöne junge Frau die Zimmerschlüssel gab. Ein kleiner Mann trug meine Koffer und entfernte sich diskret, nachdem er mir die Zimmertür aufgeschlossen hatte. Nun war ich am Ziel. Ich öffnete die Balkontür und schaute auf ein strahlend blaues Meer und einen Strand mit Palmen. Das war alles noch viel schöner, wie ich es mir vorgestellt hatte.

Ich packte schnell meinen Koffer aus und ging unter die Dusche. Dann wählte ich ein leichtes Sommerkleid und ging an den Strand. Ich war nach dem langen Flug sehr müde, aber viel zu aufgeregt um zu schlafen. Ich lief eine Weile am Wasser entlang und ging dann zurück zum Hotel. Ich erkundigte mich an der Rezeption, wie weit es zum Ayubowan Medical Hospital sei. Die junge Frau fragte mich erschrocken, ob ich krank sei. Ich beruhigte sie und erklärte ihr, dass ich dort nur einen Freund besuchen wollte. Sie lächelte erleichtert und erklärte mir, dass es nur eine Viertelstunde mit dem Taxi entfernt sei.

Ich beschloss gleich am nächsten Tag, nach dem Frühstück, zu Jörg zu fahren. Ich konnte es kaum noch abwarten.

Abends aß ich im Restaurant des Hotels. Ich erinnerte mich an den Tag, wo Jörg für mich Spezialitäten aus Sri Lanka gekocht hatte. Es war genauso köstlich. An die Schärfe musste ich mich allerdings erst noch gewöhnen. Nach dem Essen war ich todmüde. Die Hitze und der unruhige Schlaf im Flugzeug machten sich bemerkbar. Ich schrieb meinen Kindern eine kurze Nachricht, dass ich gut angekommen war und ging auf mein Zimmer.

Als ich am nächsten Morgen erwachte, stellte sich sofort die Aufregung ein. Was würde Jörg sagen, wenn ich im Hospital auftauchte. Das Schlimmste wäre, wenn er längst eine andere Frau kennen gelernt hätte. Damit müsste ich auch rechnen. Oder er war so enttäuscht von mir, dass er mich wieder weg schickte.

Ich frühstückte kaum, trank nur zwei Tassen Kaffee und bestellte dann an der Rezeption ein Taxi.

Als es kam, wusste ich vor lauter Nervosität nicht mehr den Namen des Hospitals. Die junge Frau an der Rezeption musste mir helfen.

Wir fuhren einige Minuten über eine holprige Straße, als ich das Hinweisschild auf das Hospital sah. Mein Herz klopfte wie wild, als wir die Auffahrt erreicht hatten. Ich stieg etwas entfernt vom Eingang aus, weil ich mich erstmal beruhigen musste.

Ich ordnete mein Kleid, fuhr mir noch einmal mit den Fingern durch die Haare und betrat das Hospital. Es war kühl und es roch nach Desinfektionsmittel. Ich schaute mich um. Ich sah eine kleine Frau in Schwesterntracht auf mich zukommen.

Ich erklärte ihr auf Englisch, dass ich zu Dr. Bischoff wolle. Sie nickte nur und brachte mich zu einem kleinen Raum. Dort bat sie mich zu warten. Ich lief im Zimmer auf und ab. Und dann öffnete sich die Tür und Jörg kam hinein.

Er blieb wie erstarrt stehen, schaute erst ungläubig und kam dann mit offenen Armen auf mich zu. Er küsste mich, dass ich nach Luft schnappen musste.

Als er mich endlich los ließ, sagte er nur: „Weißt Du wie sehr ich mir das gewünscht habe. Jetzt ist ein Traum wahr geworden!"

„Ich habe etwas gebraucht, bis ich meinen inneren Feigling überwunden habe. Aber ich wollte meine Liebe des Lebens nicht noch einmal verlieren", sagte ich.

Jörg küsste mich immer wieder und antwortete: „Weißt Du eigentlich, dass ich spätestens Ende des Jahres zurück nach Deutschland wollte. Ich konnte es nicht länger ohne Dich aushalten!"

„Das solltest Du Dir vielleicht noch einmal überlegen!" Ich lächelte. „Ich finde es hier unbeschreiblich schön. Ich könnte mir vorstellen noch eine Weile mit Dir hier zu bleiben!"

Jörg schüttelte erstaunt den Kopf. „Ist das Dein Ernst?"

„Lass es uns versuchen!" antwortete ich.

Die nächsten Wochen waren aufregend und ich hatte kaum Zeit Heimweh zu bekommen. Jörg hatte ein Haus unmittelbar am Meer, unweit des

Hospitals. Wir saßen abends oft auf der Terrasse und genossen den Sonnenuntergang. Es war wie im Paradies. Ab und zu half ich auch im Hospital aus. Als Krankenschwester hatte ich keine Probleme ein paar Verbände zu machen oder Impfungen durchzuführen. So etwas verlernte man nicht. Die freundlichen Einheimischen und die Natur nahmen mich gefangen. Ich fühlte mich wohl und Jörg bei mir zu haben, war alles was ich wollte.

Ich telefonierte regelmäßig mit Pia, weil ich wissen wollte wie es mit der Schwangerschaft lief. Bei ihr und Leon war alles in bester Ordnung. Leon hatte eine neue Freundin, mit der es ihm sehr erst war. Melanie studierte Biologie und arbeitete als Kellnerin in dem Restaurant, wo er mittlerweile seine Zwischenprüfung zum Koch erfolgreich bestanden hatte.

Ich hatte unser Haus etwas anders eingerichtet, damit ich meine persönlichen Dinge besser unterbringen konnte. Jörg und ich waren nach Colombo gefahren und hatten ein paar neue Möbel gekauft. Mittlerweile war alles sehr gemütlich und ich hatte nicht mehr viel zu tun. Mir war tagsüber langweilig. Ich hatte Aruna, meine Haushaltshilfe. Sie nahm mir alles ab, kochte und putzte und machte die Einkäufe.

Allein in die Stadt zu fahren traute ich mich noch nicht. Noch war alles zu exotisch und unbekannt. Ich wollte nichts Unbedachtes tun oder mich in

Gefahr bringen. Also blieb ich zuhause, ging am Meer spazieren und wartete auf Jörg, der abends sehr spät und oft erschöpft nach Hause kam.

„Möchtest Du nicht wieder anfangen zu schreiben?" fragte er mich eines Tages. Wir saßen auf der Terrasse. Jörg legte seinen Arm um mich. Er küsste mich und flüsterte mir ins Ohr: „Die Fortsetzung unserer Geschichte mit dem Happy End wartet darauf geschrieben zu werden!"

Als wir später im Bett lagen, nahm Jörg meine Hand und sagte leise: „Ich habe unseren Roman hier über das Internet gekauft und ihn mit Spannung gelesen. Er ist noch viel schöner geworden, als ich es gehofft hatte. Ich habe mein Leben in ganz vielen Passagen wirklich noch einmal erlebt. Du bist eine wunderbare Schriftstellerin. Und ich finde unser Leben hat das Potential für eine Fortsetzung!"

Und am nächsten Morgen holte ich nach vielen Wochen mein Laptop aus der Tasche und erfüllte Jörg seinen Wunsch. Ich schrieb an dem zweiten Teil des Romans ein halbes Jahr. Stefan regelte in Deutschland alles andere. Ich widmete dieses Buch Georg, weil er mich immer unterstützt und mir ermöglicht hatte, Schriftstellerin zu werden. Das war Jörgs ausdrücklicher Wunsch.

Die Zeit in Sri Lanka war eine wunderbare Erfahrung und für Jörg und mich die schönste Zeit unseres Lebens. Wir sind in dieser Zeit zweimal nach Deutschland geflogen, das erste Mal zu Pias

Hochzeit mit Tom und das zweite Mal wegen unserer eigenen Hochzeit. Wir wollten die Kinder, die Familie und unsere Freunde dabei haben. In Sri Lanka haben wir dann nochmal traditionell am Strand vor unserem Haus geheiratet. Wir blieben noch weitere drei Jahre dort.

Jörg hatte seine Kollegen im Hospital soweit unterstützt, dass sie in der Lage waren, in Zukunft ohne ihn auszukommen. Es war soweit, dass Jörg sich aus seinem Beruf zurückziehen konnte. Wir wollten endlich mehr Zeit für uns

Das bedeutete, Abschied zu nehmen und zurück nach Deutschland zu gehen.

Sommer 2010

Das kleine Mädchen nahm den Stein und versuchte ihn ins Wasser zu werfen. Sie machte ein ganz trauriges Gesicht, weil er am Ufer liegen blieb.

„Oma, zeigst Du mir wie ich das machen soll?" fragte sie.

Ich hob einen kleinen Stein auf und legte ihn ihr in das Händchen.

„Das ist doch gar nicht so schwer Marie!" sagte ich. Du musst nur etwas Schwung holen. Schau mal wie Deine Oma das macht!"

Ich hörte wie Jörg hinter mich trat und lachte.

„Marie, komm mal her. Deine Oma konnte noch nie richtig werfen. Ich werde eine richtige Meisterin aus Dir machen. Ich glaube Du hast mehr Talent!"

Ich schaute entrüstet zu Jörg, der jetzt schallend lachte. Er nahm mich in den Arm und flüsterte mir ins Ohr: „Ich liebe Dich und ich hoffe das Marie einmal eine so wunderbare Frau wird wie ihre Oma!"

Er beugte sich hinunter, hob einen Stein auf und warf ihn bis in die Mitte des Flusses.

Herstellung und Verlag:
BoD – Books on Demand, Norderstedt
ISBN: 978-3-7481-3892-1